最是橙黄橘绿时

——从教30年的探索与思考

万玉玲 著

山东大学出版社
SHANDONG UNIVERSITY PRESS
·济南·

图书在版编目（CIP）数据

最是橙黄橘绿时：从教30年的探索与思考/万玉玲著. —济南：山东大学出版社，2022.5

ISBN 978-7-5607-7501-2

Ⅰ. ①最… Ⅱ. ①万… Ⅲ. ①随笔-作品集-中国-当代 Ⅳ. ①I267.1

中国版本图书馆CIP数据核字（2022）第072758号

责任编辑 刘 彤
封面设计 王秋忆

出版发行 山东大学出版社
社　　址 山东省济南市山大南路20号
邮政编码 250100
发行热线 （0531）88363008
经　　销 新华书店
印　　刷 济南华林彩印有限公司
规　　格 720毫米×1020毫米 1/16
　　　　 7.75印张 123千字
版　　次 2022年5月第1版
印　　次 2022年5月第1次印刷
定　　价 66.00元

读园丁心语　看花朵长势
（代序）

我年轻时在家乡当了十年乡村教师，退休前又在曲阜师范大学当了八年兼职硕士生导师，心中一直存留着教师情结，对教书育人这件事情看得很重。因此，当我读到日照市金海岸小学万玉玲老师的书稿《最是橙黄绿橘时》时，觉得格外亲切。这本集子，包含了随笔、散文、诗歌、论文、日记等多种文体，我从中读到了丰富的内容。

我读到了她的教学态度。从多篇文章看得出，万老师从日照师范学校毕业后任教三十多年，一直热爱着教师这个职业。为什么热爱，她这样讲道："是因为价值，是当你的付出让孩子们健康成长，你用生命参与了孩子们的长大。"她还说，她很享受教师这个职业，喜欢孩子。"我们彼此成就，活成人生最好的模样，我们彼此成全，收获各自的魅力人生。"有了这份热爱，她对教学工作看得十分神圣，无论担任普通教师还是学校领导，都是十分投入，一丝不苟。2018 年 8 月，她作为金海岸小学的副校长，与几位同事一起被派往东港区陈疃镇中心小学支教。她十分珍惜这次为乡村教育做贡献的机会，亲自教授四年级数学。她还给自己定下规矩：无论多忙，每天都要和学生见一面。这样有利于掌握学生情况，有利于和他们沟通情感。2020 年年初，新冠肺炎疫情突发，上级通知学校延期开学，并做好远程教学准备，她和有关领导立即组织一些优秀教师录网课，并选择功能完善、网络稳定的一款软件，保证了疫情期间的线上教学。平时，她还与其他老师一道积极开展教学研讨，努力提高教学质量，这也是书中写到的一项重要内容。

我读到了她的教育理念。她平时非常注重学习业务，研读了许多教育学著作，潜心琢磨，屡有感悟。譬如，读《新教育》一书时她突然明白："上帝造人时，本来就不是一个模子，我们老师就非和上帝较劲——让他们在我们的指挥棒下整齐划一。我们忽视了这些灵动的生命，忘记了我们教育的本真。”她在聆听教育专家的讲座时，认真记录，写下了一篇篇心得体会，其中有她自己的一些独到认知。她在多篇文章谈到是如何把一些新的教育理念用于实践的。她作为学校领导班子成员，在专业引领方面下了很多功夫，譬如研发主持了《小学语文课程二度研发》课题，引导教师从教书匠变成有思想的行动者，等等。她还担任第七届山东省师范类高校学生从业技能大赛评委，针对参赛学生的表现提出建议。《坐在路边鼓掌的人》这一篇，写她的一个学生J因为学习成绩不好，回答问题时缺乏底气，别人一提出不同意见，他就会把头深深低下。万老师说：“这让我常常感到很心疼，也总是在力所能及的时候全力保护他的自尊。”她通过与家长沟通，终于让J有了进步，性格也有了改变。“对他的未来，我有着深深的祝福，如果他成就不了一番大事业，我希望他能成为一个健康、乐观的坐在路边鼓掌的人。”这个想法，堪称新颖。《需要一把剪刀》则记叙了她在心理健康课上如何点拨学生，努力打破农村孩子思维上的单一与局限。她还起草了一份《我的教育理想》倡议书，设定在一年级中为有志于实现自己的教育理想的老师提供一个舞台，并提出八项改革措施，让人耳目一新。她掌握了新的理念，也用在了教育儿子身上。她认为儿子的“成功”，不在于学习成绩好，考上了什么样的学校，而在于长大成人后有责任心，有生活智慧，对自己负责任，对家庭负责任，对社会负责任，用自己阳光的心智感染身边每一个人。这样的育儿理念，也能给许多家长以启迪。

我读到了她的工作成果。因为热爱，因为创新，万老师在教师工作岗位上连获佳绩。她参加工作不久，就先后在区里、市里数学优质课比赛中获得一等奖。后来因为教学成绩与工作能力突出，她一步步走上学校领导岗位。她当学校教导主任时，曾与齐鲁名师、省教学能手一起担任教师远程研修班的指导教师，圆满完成任务。去陈疃镇中心小学支教时，她面对那些基础较差、缺乏学习自觉性的农村孩子，苦心孤诣，循循善诱，经过两个多月的“斗智斗勇”，终于让他们改掉了不良习惯，交齐了作业，并提高了学习成绩。她在支教日记中记下了这么一件事：在参加师生运动会的时候，比赛完毕，“全班40多名同学将我团团围住，真诚祝贺成为一道风景，让我成为其中最幸福的一个人”。我读到这里，被这个场景深深感动。可以肯定地说，如果没有平日对学生的无私关爱与深情呵护，是难以得到学生如此拥戴的。

本书的第四部分“烟火生活”，写亲情，记游历，也颇有意趣。其中的《好家风我传承》，作者讲述了她家的优良家风代代传承。父亲去世前住院一百多天，轮到她伺候时，她都是带着十岁的儿子在父亲的病床旁边打地铺睡觉，让儿子耳濡目染，懂得孝敬老人。《千里之外——写在 2011 年父亲节》，深情回忆父亲生平，讲述兄妹四个争献孝心的事情。这些文章，同样也涉及了教育，让我们看到了优良家风是多么可贵、多么动人。

“相信种子，相信岁月”，“放慢脚步，静待花开”，这是万玉玲老师在书中写的两句话。读完全书，我们看到了一位优秀园丁的身影，也看到了美丽花朵一簇簇盛开的情景。

赵德发
中国作家协会全委会委员
山东省作家协会原副主席、著名作家
2021 年 11 月

目　录

第一部分 支教生活

2018年8月，作为城里一所小学的副校长，我积极响应号召，参加了乡村支教活动，并将支教生活以日记的形式记录下来……

那年，别样花开

2018 年 8 月 26 日　周三　晴

通过支教交流的方式我来到东港区陈疃镇中心小学。我没有乡村学校的工作经历，所以对这所学校还是蛮期待的。

陈疃镇中心小学

这是一所拥有一座 5 层教学楼、13 个班级的乡镇中心学校，得益于国家倡导的学校标准化建设，陈疃镇中心小学教学硬件设施很好，和城里的学校差不多，这让我感到很欣慰。学校领导热情地接待了我们，把我们作为专家介绍给老师们，我们一起来的有 11 个人，分别来自金海岸小学和曲阜师范大学附属实验学校，我们 11 个人家住得都很近，可以拼车往返，而且 40 分钟的车程也不寂寞，这也是值得庆幸的事。学校为我们安排了办公室、分了课，我教四年级二班数学，这也是我的心愿，我想深入地接触孩子，更多地了解乡村教育。我是以教师的身份过来交流的，学校把我安排在了副校长办公室，我心里有些过意不去，觉得唯有多做些事才不负领导的安排。

学校考虑中午不能回去，很贴心地为我们准备了宿舍，学校也有简易的食堂，午饭可以在学校吃。其实对我们来说人文的关怀更让我们温暖，我希望自己能为陈疃的教育贡献一点力量。

2018 年 8 月 31 日　周五　晴

昨天晚上，接到分管业务的王校长发来的信息，希望我能在镇教师培训会上讲点什么，我欣然同意，作为支教老师，我觉得我有责任和义务为乡村学校做点什么。在和王校长沟通后，我对 2016 年在全市作业改革研讨会上的一份经验交流材料进行了删减，保留了教学常规中关于作业改革的探讨和我个人认为值得借鉴的一些做法，形成了汇报稿并把时间控制在 1 个小时内，希望借此能对老师们有所启发。改完讲稿和 PPT 很晚了，又开始闹肚子，有轻微中毒的迹象，看来晚上吃的烧烤质量不过关，但愿明早能好起来，不要耽误培训。

2018 年 9 月 1 日　周六　晴空万里

今天是陈疃镇所有老师到校的日子，学校为老师们准备了开学前的培训。虽然早晨起来感到头重脚轻，中毒症状没有缓解，但我还是硬撑着去了陈疃。

培训在学校的报告厅举行，报告厅挺大，全镇的老师都来了，也不过百人，显得有些空荡。我主讲了《让每个生命绽放精彩》的讲座，老师们听得很认真，另外两个老师也分别做了主题讲座。由于身体不舒服，几次有想呕吐的感觉，好在我还是坚持把讲座完成了。另外两位老师的讲座我没捞着听，感到很可惜，希望以后有机会聆听学习。

讲座现场

2018 年 9 月 3 日　周一　大雨

今天是开学的第一天，昨晚王校长在工作群里要求老师 7:30 到校，于是我算了算时间，加上 40 分钟车程，我们 6:40 就得出发，于是我就把闹钟调到了 5:30。

早上醒来，外面大雨，庆幸把时间提前预留了出来。我开着车，载着和我拼车的三位老师，一路奔赴陈疃镇中心小学，雨一阵大一阵小，一阵急一阵缓，多亏我的车技好，不断地变换雨刷档位，终于在 7:20 准时到达学校。张校长已经站在校门口了，我们抓紧放下包，来到门口迎接新生。

学生不多，四五百人的样子，三五成群地走来，还不忘问候老师，非常有礼貌。我对他们来说是陌生的，但看到那么多学生的目光投向我，响亮地喊着老师好，不由心中窃喜，看来我自带老师的光环。

第二节课学校举行开学典礼暨一年级学生迎新仪式，张校长做新学期致辞，内容很全面、感情真挚，符合乡镇教育的实际，接地气。他讲话全程脱稿，体现了一名新时代校长的素质。王校长主持击鼓迎新生活动，我也受邀参与了“朱砂点痣”环节，看着孩子们虔诚的面容，我感受到了仪式对孩子们的重要意义。

2018 年 9 月 5 日　周三　阴

今天是第二天上课，由于对教材熟悉，我能很轻松地驾驭课堂，激发了学生的学习热情，点燃他们对数学的热爱。

孩子们很可爱，听得很用心，我也记住了几个表现突出的学生。瑶是个懂事好学的女孩，每次上课都会用端正的坐姿告诉我她听得多专心，良好的习惯给她带来敏捷的思维，回答问题非常积极。婕有双亮晶晶的大眼睛，皮肤有点黑，是健康色，一般不举手发言，我会有意识地提问她，正确率蛮高。这些孩子各有各的特点，有的乖巧懂事，有的调皮好动，但都隐藏不住他们的可爱。虽然他们缺点也不少，但都阻挡不了我对他们的喜爱，希望我能尽我的力量让他们每天都进步一点点。

就是作业很不理想，学了大数的数位顺序和读法，通过作业来看，学生掌握得并不好，昨天只有 2 人全做对，今天有 6 人全对，远远低于我的预期。

前天因为升旗，第二节数学课被占用，只好布置了预习的作业。昨天第一节讲了“大数的认识”，紧接着做了反馈作业，我手中没有任何作业资料，这里凡是学生们花钱征订的学习资料，老师手头都没有，所以布置的作业老师不能及时地做一遍。果不其然，有一些作业因为是上学期的内容，学生又没有及时复习，结果很不理想，全班只有 2 人全做对。下午因为没有新的内容布置作业，又学习了“大数的读法”，课堂氛围很好，孩子们听得很投入，我也很有成就感。

但是，就是作业情况不理想，字迹比较潦草，作业内容只是要求读出 10 个数，但全班只有 6 名同学做对。作业讲评时，我隆重表扬了这 6 名写得又好又正确的同学，并许诺表现好的同学以后会得到小礼物，希望这样的孩子越来越多。

2018 年 9 月 6 日　周四　晴

课堂始终是我热爱的地方，每次看到孩子们专注的眼神，我都感到无比欣慰。

但是离开课堂，学生的学习状态让我很是担忧。学生的作业始终不是很规范，字迹潦草，不用尺子打直线，甚至还有一名学生用铅笔写作业。要想规范学生的行为，得先从学习态度抓起。于是，昨天我用了两节课的时间，对每一名学生的《生活》作业进行了激励性口头评价，希望对孩子们能起到一些作用。下午，我还是特意布置了《生活》作业，看看效果如何。

今天我满怀着期待的心情，看看孩子们的作业是否有了改观，可是情况仍令我失望，写得认真工整的依然还是那些同学，字迹潦草的多数还是那样，绝大多数学生想是忽视了我的评语，也没有看到我期望的互动。我意识到教育哪有那么轻松，是你几句话就能转变一个人的吗？教育是一个长期的过程，我要放慢脚步，静待花开。

2018 年 9 月 7 日　周五　晴

今天，学校迎来了省督查组对开学工作的检查，陈疃镇中心小学是农村抽检的两所学校中的一所，陪检的区领导特意来看望了我们几位支教教师，感受到来自区领导的关心，很温暖。

与上级领导座谈

本周的午饭我都是在学校食堂吃的，每顿两个菜，一个炒菜，一个炖菜，很好吃，对于我这个严重缺乏蔬菜摄入的人来说，是件好事，我准备先吃一周。可惜这样的炒菜来吃的人很少，也就不到 10 人，多数老师自己带饭，在办公室吃，所以中午开饭时办公室里饭菜飘香。我们几个人则坐在灶屋外面备好的桌椅上，就是学生食堂那样的长铁桌和镶在桌子上不能挪动的小圆凳。大家有说有笑，享受着另外一种生活。现在的季节，因为背阴，很是凉爽。就是洗碗不方便，因为我们都是穿着正装，用品又不齐全，就带回家洗，好在放在车上还挺方便。

为了远离教学区，学校把宿舍设在五楼，是最高层，据说冬冷夏热。五楼共四个房间，一间男老师宿舍，三间女老师宿舍，校领导把位置最好的阳面房间腾给了我们支教女老师。房间里放了七张床，我们找来了装电脑的纸壳铺在床板上，分管总务的李校长帮忙，定制了褥子，我们从家里捎来枕头、床单、被子，中午就可以休息了。酷暑未消，第一天中午我们休息时仍是汗流浃背，有种洗桑拿的感觉。第二天，起风了，打开窗子还是蛮凉快的。老天爷还是很眷顾我们。

2018年9月10日　周一　　晴朗

今天是教师节，学校很重视，组织了隆重的表彰庆祝活动，而且活动是在镇党委举行的。部分镇党委领导出席了会议，镇党委赵书记讲了话。我也应邀坐到了主席台上，为获奖老师颁奖。第一次到乡镇，对乡镇的情况不熟悉，感觉镇领导对教育很重视。赵书记讲话中总结了近几年来教育取得的成绩、镇党委为教育办的实事，以及对我们这些支教老师的欢迎，这让我很感动，真觉得应该为陈疃的教育做些什么。两位支教老师指导学生排练的节目诵读《少年中国说》和晨诵开启诗，在庆祝活动上进行了表演，很精彩。

上午有些咳嗽，中午因为看午练，没休息，感冒加重，一直在流鼻涕。明天不能开车了。

2018年9月11日　周二　　晴

今天，值得欣慰的是作业全做对的学生多了起来，已经增至10人，多数孩子错了一点点，还有5名学生明显没学会。这5名学生是需要辅导的，目前由我来辅导，目的是不让他们落下课程，等我进一步掌握学生情况以后，可以让学有余力的学生帮助他们，互助团结，孩子们需要这样的教育。

今天沉下心来做了一件看似浪费时间的事，我把口算题卡每一本贴上了标签，因为题卡封面覆了膜，写不上名字，每次我批作业或学生发作业都非常不方便，无形中浪费了很多时间。我从家里拿来儿子买的标签贴，一本一本地贴上，然后一本一本地写上名字，我没有找学生帮忙，孩子们都在上课，不想耽误他们的功课。用了一节半课的时间才全部搞定，磨刀不误砍柴工，想想以后的方便，觉得自己没有浪费时间。希望孩子们从中能学到一种规范、一种方式、一种变通。

2018 年 9 月 12 日　周三　雾霾

今天中午召开了全镇数学教师教学研讨会，共有 19 名教师参加。这是开学第二周的常规教研活动，主要任务是通研教材，对所教学段的教材进行全面系统的分析。王校长首先对新学期《教师用书》《教研活动记录》的使用做了详细的说明，同时对备课和教研活动的开展提出了建议和要求，随后要我做一下总结。这是我第一次参加全镇数学教师教研活动，我从数学教材的编排特点说起，谈到数学教材近年来的修订与完善，以及数学学科让我们教

全镇数学教研会

给孩子什么，学习数学的终极目的是什么。还谈到作为一名教师，不应该单纯地“禁锢”在课本中，而要不断地学习，不断地充实自己，这样才能跳出

教学之外，“俯视”任教的这门学科带给孩子的是什么，我们要培养什么样的孩子，只有带着这样的观念，才不会偏离教育的本质，才能教给孩子一生有用的知识。

希望能对教师有一点启示。

2018年9月13日　周四　晴

今天也是忙碌的一天：

5:30起床。

6:50从家里出发。

7:30到校,烧水、打扫卫生。

8:00第一节课开始批作业,一节课的时间就不能写评语了,因为第二节课学生要改错题。

8:45第二节课上课。

上午第三、四节课课间辅导作业出错多的学生，复批作业。

下午第一、二节备课、做课件，其间处理了几份文件：《市英语优质课听课通知》《关于召开教师节庆祝大会的通知》等。

想看的书一直没翻动，想做的美篇也一直没有付诸行动，我的时间一直在忙碌中匆匆溜走，也许是因为刚来，熟悉环境需要时间。

2018年9月14日　周五　　小雨

今天稍微舒服一些，连续几天感冒，又没有好好休息，感觉体力不支，过得很是煎熬。但我不敢请假，学校里班级少，老师也相对少，害怕请假了没人上课。

舒服了一些后，我进一步给孩子规范习惯。今天候课，我特意早去了一会儿，检查学生提前做好上课准备的习惯。结果多数孩子没有准备学习用品就出去玩，上课时还有两名同学迟到了。利用5分钟的时间我再次强调了课间要先把下一节课的课本等用品摆好再出去活动，听到预备铃要及时回教室，同时表扬了表现好的学生。孩子们听得非常认真，我拿出手中的塑料花（教师节孩子们送我的），趁热说，这是准备送给听课认真、回答问题积极的同学的，结果孩子们的热情更高涨了，连惠都坐得很端正。

四年级二班的孩子们

惠是个文静的女孩，第一次没交作业时，她说她没听懂，于是没做。当时我还冒出个念头，这是个敢于说真话的孩子，于是我单独辅导了她。可是第二天的作业又没做，还是那个理由，我开始观察她。发现她在课堂上不大听讲，常常静静地开小差，我开始提问她，多数时候她回答不上来。找到了原因，我开始更多地关注她，对她也严格起来。今天她就坐得很认真了，看来这个小礼物，对孩子们很有吸引力。

课间下雨，没做课间操。班主任陈老师来了，我再次提出重新规划教室里学生座位的事，把座位按照每两排一组，分四组进行组合，这样每个孩子进出都方便，两人一组讨论问题、互相检查、收作业也都非常方便。我还提议让每个孩子都回归班级，不设置特殊座位，还孩子应有的自尊。不让他每次坐在教室里都感到自己是个被老师同学另眼相看的人，让孩子体面地坐在教室里。陈老师很利落，很快就调整好了。

看到每个孩子的笑脸，我感到很欣慰。

2018 年 9 月 17 日　周一　晴

来陈疃镇中心小学支教已经两周了，一切都在熟悉与适应的过程中。生活问题已基本解决，早晨拼车，我们三人每人开车一周，栾老师不会开车，但已经把油钱给我们了，让人非常过意不去。当老师的就是这样，付出是常态，占了便宜都难受。一路上我们聊着学校的事、班级的事、学生的事，不知不觉就到了。中午基本在食堂吃，白菜、豆角、土豆、豆腐、西红柿，对我这个不愿做菜的肉食主义者来说是好事，可以乘机逼着自己多吃点蔬菜。食堂开始公布菜谱，让我们对自己一周的伙食安排可以有的放矢了。天转凉，多数老师打了饭菜回办公室吃，掺杂着吃些自己带的饭，生活还算惬意。中午可以在简单的宿舍里躺躺，只是每周数学老师要看两个午练，语文老师看三个，而且午练时间（12:30～14:00）较长，足足一个半小时，对睡惯了午觉的我来说（那时城里的孩子中午都回家吃饭，老师不用看班）是个煎熬，得慢慢适应。

课堂上，孩子们很配合，我偶尔使用一些小技巧就能掀起高潮，只是差生较多，得有三分之一。有的是身体原因，一个学生眼睛斜视，一个学生听力有问题；有的是家庭原因，感觉家里是基本放任状态，还有些我需要进一步了解。整体上稍微有些绕的题我都得讲讲，否则基本做不出来。于是我调整了教学安排。上午第一节课或第二节课讲授新课，小步子进行，加大练习。午练不上自习，用来讲有些难度的题，这样我辛苦一些，孩子会受益。作业少布置，以精为主，求质量，对做得既对又美观的学生加大表扬力度。

2018年9月19日　周三　晴

开学近三周，发现孩子们对待作业的态度还是以完成为主，不求质量，非但不能发挥作业应有的功能，还让孩子养成不认真的习惯和态度。针对这个状况，我从作业开始抓起。利用班级群我组织了一段文字，并用了一节课的时间，把优秀作业一本一本传上去，希望家长能把这些作业给自己的孩子看看，让他们互相学习，共同提高。

各位家长：

我接咱们班已近三个星期，和孩子们也由陌生到熟悉。三个星期以来，我发现部分孩子对作业有轻视的现象，有完成即可的思想，导致作业书写不认真、卷面不整洁、正确率低。提高学习质量要从写作业开始，学习质量的保证不在于题做了多少，而在于每一道题都能认真去做。所以数学作业我力争布置得少而精，也要求每一名同学保质保量地去完成，即做到书写美观，正确率高。

作业本是我们第一次使用，多数同学做得不错，我们晒晒做得既美观又正确的同学，可以让您的孩子看看，互观互学，共同进步。

让我们共同见证孩子的成长！

但是，全班46名学生，班级群里共70多名家长，只有两名家长回复了我，然后就石沉大海了。我从拍照到上传，也是一下午的时间。我不知道是家长羞于表达还是不关注群里动态，抑或是对孩子的教育不重视，觉得学习只是老师的事，众多疑问让我觉得此路不通，必须另觅他法。

一个崭新的课题——农村学生的教育措施与策略摆在我面前。

2018年9月21日　周五　晴

连着三天，除了上课外，还听了八节课，四节数学课、两节美术课、一节音乐课和一节体育课，上课老师都是报名参加区优质课比赛的年轻教师。老师们对此次听课都很重视，做了充分的准备，制作了精美的课件，准备了足够的学具和教具，有些老师选取了大量生活中的素材，有些老师对课程进行了巧妙的设计。老师们的个人素质都很高，普通话很标准，音质音色也很美。可是一节课上下来，还是欠缺了一些东西，对教材的研究不够深，知其然不知其所以然，对知识的挖掘肤浅，华而不实，对本学科的教学常规不很了解，随意性大。我对每节课进行了详细的点评，希望能帮到他们，通过这样的活动能让他们走得更快一些、更稳一些。

听课

2018年9月26日　周三　晴

我对班里的46名学生越来越熟悉，绝大多数都能叫上名字了，因为他们几乎都住同一个村或相邻的村，一个姓的特别多，所以名字很像，姓许的最多，有13人，还有5人姓潘，3人姓迟。还有一个特点是学习差的学生多，我一直在抓作业，可是总有10多人作业质量提不上来，错误较多，感觉我指望不上家长的配合，就自己费神想办法吧。利用学生的集体荣誉感，让孩子们互相制约，互相帮助，采取作业以小组为单位进行分数评价的办法：做得既对又好的作业加200分，都做对加100分，一次错题改对的加10分，不能一次改对的扣10分。每次得分都做记录。今天中午尝试了一下，效果不错。希望对作业完成不认真的学生是个促进，用集体的力量把他们的学习习惯培养起来。

2018年10月12日　周五　大风

今天9点开党员会，我把课调到了第一节上。

今天讲“观察物体”。早在二年级时孩子们就接触过这部分内容，由于近几年教材不断修订，我提前从网上搜出二年级的教案，了解教材编排的内容，这样我才能承上启下，教学时做到有的放矢。由于准备充分，并考虑到孩子们的知识储备，整堂课循序渐进，孩子们很感兴趣，掌握得不错。可是还是有那么几个孩子，瞪着迷茫的眼睛，游离于课堂之外，我不断地在他们身边提示着、引导着，也不是很见效。我相信教育不是万能的，教育必须同家庭、社会结合起来，同时还要考虑孩子的自身素质。

H有了些许进步，但由于基础薄弱，课听起来比较费劲，加上管不住自己，开小差还是常有的事；W父母离异，跟着爸爸生活，由于基础太差，加上学习动力不足，数学已经跟不上了，作业一般不做，经常到办公室补写，其实不是补写，基本上是我辅导着做完的，为此耗费了大量时间，却没有收到预期的效果，每天学的新知识对他来说都是一座山。这样的学生真的不少，乡村教师不容易。

党员会上，先学习了习近平总书记在十三届全国人大一次会议闭幕式上的讲话，李校长分管党建，他对近期党费变动的情况做了说明，并对我“学习强国”和“灯塔在线”的情况进行了表扬。会议用时近一个小时。

会后我抓紧批改作业。

2018 年 10 月 17 日　周三　　晴

孩子们渐渐露出原形，以前对我的敬畏，随着时间的推移和渐渐的熟悉，开始绷不住了，是啊，他们已经忍得太久了，几个调皮的孩子上课开始骚动起来，作业常常不完成的孩子开始交空白作业本，或者把作业忘在了家里。我虽然一直紧抓不放，让孩子们没机会放松，但也终究不是长久之计，怎样让他们爱上数学，知道学习的重要性，认真对待学习呢？我在思考。

我在网上搜索有关数学趣味知识的视频，找到一部名为《数学龙》的动画片，共 60 集，每集 11 分钟，每集相对独立，都是在现实生活中解决数学问题的惊险有趣的小故事，集趣味性、观赏性、探索性于一体，惊险、吸引人。只可惜动画片中有些章节中用到了“公亩”“公尺”等课本中已经不用的单位名称和“乘以”等陈旧现已重新修正的知识，这就需要我先看一遍做出解释说明。上午上完第一节课我就开始行动，一直忙到中午才下载完毕，期待着动画片能对孩子们学习数学有所启迪。

2018 年 10 月 30 日　周二　　晴

今天是个值得纪念的日子。经过近两个月的努力，终于在第一节课时班里 46 名学生就全部主动地交齐了作业。这是两个月来我与孩子们“斗智斗勇”的结果，是自己的教育理念与经验在新的环境中萌生出的一个小小的嫩芽，尽管小，依然显得珍贵，并让我窃喜。任教这个班后，想把自己多年积累的教学经验，用在这批农村孩子身上，在他们心中播种下美好的种子，为其以后开出绚丽的花朵打下根基。可随着时间的推移，我发现孩子们无论是家庭背景、生活环境还是学习习惯，都与城里孩子有较大的差异，不爱动脑筋思考，经常不完成作业，或者作业不整洁，错误率高等，这些问题在部分孩子身上屡屡出现。近两个月中，我加大了评价与激励的力度，每次作业都进行郑重的评价，让孩子做的作业能在第二天就得到反馈，做得好的学生不仅表扬，还在组中加分，确实差的要减分，每节课都把分数写在黑板上，让每个孩子能直观地看到自己为本组做的贡献，分数每周一总结，分数高的两个组，奖励一枚小印章，印在教室的宣传栏里。这样，每个学生的作业情况在一定程度上会得到全班的关注，引起他们足够的重视，从而认真起来。只要有了态度，学习情况就会得到改善，今天不仅都交齐了作业，书写也认真了很多，错误也相对少了，只有W一人质量还是不高。但我已经看到了效果，看到了学生的进步。

2018年10月31日　周三　　晴

利用两周时间听完了学校骨干教师、支教教师的示范课，共听课八节，毕竟是优秀的老师，课堂教学还是很成熟的，都有很多值得学习与借鉴的地方，我对每一节课都进行了详细的点评，指出了优点是什么，不足在哪里，让老师们知其然而知其所以然，也是对听课教师的一个引领，这也是我所能做到的，希望在我的支教生活中，能使专业理念影响到更多的人。

2018年11月6日　周二　　小雨连绵

清晨小雨一直淅淅沥沥地下着，急一阵缓一阵。我们一行4人，我开着车，一路小心地看着路况，在雨中行驶了50分钟终于到达学校。今天我是第一节课，课上准备考试，所以到校后抓紧拿着试卷进入教室。

这次是第三单元考试，前两个单元考试很不理想，几乎没有全对的，明明都是讲过的题，还是有相当多的学生错误连连。多数孩子不肯动脑子，教育的理想状态是让学生“伸伸手能够着苹果”，可有些孩子就是不肯去伸那双手，只想等苹果掉下来。因为不想让一个孩子掉队，所以我的进度很慢，一边激发着孩子们对学习的热爱，一边放慢脚步让孩子们把知识嚼碎。数学是一环扣一环的学科，哪个环节都不能落下，否则会为后面的学习设置太多的障碍。

这个单元复习了一周，对每个知识点都进行了训练，同时也采取了诸多激励手段——大张旗鼓地表扬，耐心细致地讲解、辅导，积分制、小印章都派上了用场。看到试卷做完后孩子自信满满的表情，我觉得孩子们应该做得不错。第二节课回到办公室我迫不及待地批阅起来，果不其然，7人全对，30多人错在10道之内，目前也算初见成效。正当我沉浸在喜悦中时，微信铃声恰到好处地响起来，原来是好友来陈疃镇检查工作，知道我在这支教，特意来看我。

我兴高采烈地去门口相迎，朋友也是个有教育情怀的干部，一直为没能在教育战线上坚守而懊悔。于是我们冒着霏霏细雨参观了校园，看了我的办公室，我还煞有介事地介绍了我在网上买的小印章。和张校长打了招呼，我们去了镇文化站，朋友带着我参观了陈疃红色记忆文化馆和图书馆，整个小院散发出文化气息，温馨静谧，让人心生淡定与从容。这才知道陈疃还有这样“高大上”的文化场馆。中午我们一块吃饭，伴着连绵小雨，细碎近况，朋友对教育情有独钟，也关心关注甚至是关爱着教育，当然更关心我，所以我们的话题也与教育息息相关。

相聚的时光总是短暂，饭毕，我们又踏上各自的工作岗位，开始了下午的工作，但“他乡遇故知”的美好一直充盈着这一天的时光。

2018 年 11 月 7 日　周三　晴

今天立冬。

一大早接到搭班老师陈老师的电话，她要去开会，让我帮她上课。一上午加上我自己的课，共上了三节，还有一个一个半小时的午练。多亏我有个好习惯，总是提前备出两天的课来，于是把这一单元的内容全部讲述了，过了一把进度瘾。就是我的嗓子不大听指挥，到最后已经声嘶力竭了。庆幸的是盯了一上午我的面孔，孩子们没有厌烦。

我的充实快乐的一天。

2018 年 11 月 15 日　　周四　阴

今天学校里召开第二届师生运动会，八点一到孩子们都集合到操场上，开幕式虽然简短，让人印象挺深刻的，军乐队的表演令人震撼，前不久军乐队在市里比赛进入了前八名，这在乡村学校是不容易的，培训老师肯定付出了很多。花样跳绳表演，也让人眼前一亮，感到孩子们是有潜能的，只要有足够的平台。接下来是各年级的比赛，小学一共 13 个班级，一上午就完成了各个比赛项目。下午是集体项目和老师的比赛，老师的比赛向来是学生最愿意看的节目，他们一般都是一边看老师出洋相，一边加油助威。我报了跳绳，贵在参与，意在对师生传递一种运动、健康、向上的理念。我们一组 5 个人，裁判一声号令，老师们牵绳上下翻飞，我屏息静气，沉着开跳，一边跳一边听到我班学生的加油助威声：数学老师加油！声音一次高过一次，我很激动，一分钟我竟然一次也没断开，跳完后，我的学生都围过来，一边夸我，一边问我跳了多少，关切与敬佩之情溢于言表。

我与四年级二班的孩子们

从为我加油助威，到真心询问为我祝贺，一切都是真诚的流露，我班的 40 多名学生在操场上将我团团围住，让真诚祝贺成为一道风景，也让我成为其中最幸福的一个人。

其实，我和四年级二班的孩子们相识也才两个半月，在这段时间中，我从最初的新鲜到失望，再到不断地想办法调整，我真诚的付出得到了回报，不论是我表扬过的还是批评过的学生，都明白了我对他们的好。曾经觉得三年的时光很漫长，现在我发现如果我离开，不论多久面对这些淳朴的孩子，我都会哭的。

2018 年 11 月 20 日　周二　晴

今天区教体局召开教学工作会议，一大早通知同车的老师不用等我，我得自己开车去参会。

因为下午我联系的市医院的专家要来陈疃给女教师进行女性健康培训，我怕学校准备工作不充分，就提前离会，回家匆忙吃了点饭，驱车赶往陈疃。

到了学校正值学生放学，老师也去吃饭了。我先回到办公室，拟出了主持词。女工主任周老师吃完饭匆匆赶回来，我们一块把细节重新演示了一遍，包括 PPT 页面、电子屏的字幕、桌牌、话筒、音响设备等，确保万无一失。我中间插空回教室布置了晚上的作业，每一天都要与学生见一面是我多年的习惯。等我从教室出来，三位专家已经等在校长办公室了，为了学生我感到自己失礼了。

两位医生针对女性常见病深入浅出地做了讲解，希望对我们的女老师有一些帮助，也没有枉费我几日双方联系沟通的辛苦。

时间过得真快，当我送走专家，记录下这些文字，窗外已是黄昏，一天又这样匆匆地过去了，我支教生活的一天又结束了。

2018 年 11 月 24 日　　周六　晴

周末，轮到我值班，一大早同学霞打来电话，约着去五莲洗温泉，我婉言谢绝。霞不甘心："值班还一定要去吗?"我以"一学期就值一次"为由谢绝了。

和老公驱车前往陈疃，一路上能感受到秋的气息越来越浓。学校里静悄悄的，像睡着了一样，和往日形成了鲜明的对比。我巡视了一遍校园，使驱车来到镇文化站。文化站有两个值班人员，还有一名学生等候在外面准备去图书馆看书。文化站坐落在乡镇腹地，与周围乡村有明显的不同，应该是文化气息带给人们不同的感觉。我们参观了水库记忆馆，了解了陈疃镇的全貌，通过俯瞰图观看了 19 个村的安置楼宇。

到底是干什么吆喝什么，了解到三庄离这里不远，我很想到三庄镇中心小学去看看。吃过午饭，开了导航，我们很快到达了目的地。三庄镇幼儿园、三庄镇中心小学、日照二中连在一起，形成了镇上最壮观漂亮的建筑群。三庄中心小学占地面积挺大，不知在校生有多少，外观比陈疃镇中心小学还气派。联想起昨天我们在迟老师的带领下远观的南湖中心小学，偌大的操场，三幢教学楼高耸，即便是在城里也是颇具规模的学校。政府对农村教育的重视可见一斑。

2018年12月7日　周五　晴

今天，第三节课听了高老师的外出学习汇报，第四节课进行了详细的点评。高老师成长得很快，从第一次听课开始，我从研究教材、板书设计、教法选择等方面，对她进行小步子的指导点评，到现在讲课逐渐地成熟起来，驾驭课堂的能力也越来越强，让我感到老师和学生一样也是需要平台的。年轻教师的学习能力都很强，他们需要成长的沃土，我感到了身上的责任，如果老师们需要，我愿尽我所能。

2018年12月17日　周一　晴

今天是个平常的日子，一个电话打破了白天的平静。上午一个显示所在地是日照的陌生电话打来，接起电话才知道竟是我远在大洋彼岸求学的学生。不等她开口，我便急切地询问起她的近况，原来她已大学毕业，刚刚接到被纽约大学录取的通知，便迫不及待地将好消息告诉我，并约我在她走之前一定要见上一面。她是我教了六年的学生，上小学时由于年龄小，一直不是很在状态，所以我在她成长时光里有了更多参与。毕业后她来看过我两次：一次是接到大学录取通知书后，送了我一张写有北卡罗来纳州立大学的明信片；第二次是放假回国专程来我家。每次见面我们都交谈甚欢，她对小学有着非常美好的记忆，她说自己那时像个假小子，称我是她遇到的最好的老师，上学期间一直都记得我。

曾经看过一篇文章，是讲老师的工作价值，教师工作心理压力大，社会要求高，绝不是8小时的工作量，经常是身心俱疲，那为什么还有那么多人愿意当老师呢？是因为价值，是当你的付出让孩子们健康地成长，你用生命参与了孩子们的长大；是一声甜甜的“老师好”，会让你激情满怀；是你的学生回来看你，告诉你她一直记得你一句赞赏的话和一个鼓励的眼神，你会觉得你的一切付出都值得，再多的辛劳都会烟消云散，剩下的是整理心情再出发的豪迈。

我是一直很享受教师这个职业，我喜欢课堂；喜欢孩子们求知若渴的、明亮的眼神；喜欢批改作业，每一页作业都记录着学生成长的足迹，隐藏着我给他们带来的丰厚知识和收获的喜悦。我喜欢见证每个学生的拔节，他

（她）们的美好是因为有了我的教诲，他（她）们的幸福里有我留下的印迹，我们彼此成就，活成人生最好的模样；我们彼此成全，收获各自的魅力人生，这应该就是我理解的教育的意义吧。

2018 年 12 月 28 日　周五　重度雾霾

第一节课批改作业，还是满堂红，全部交齐了，这种情况有段时间了。一个学期的努力没有白费，孩子们在进步，正确率也提高了不少，不用心的状况有所好转，培养习惯比传授知识更重要，我期待着孩子们破茧成蝶的那一天。

惠也在我锲而不舍的鼓励与“纠缠”下，开始写作业问问题，更值得高兴的是她有个关注她的姐姐，在我的不断沟通下，姐姐每天晚上都会督促她完成作业，不懂的问题记下来，第二天来问我。由此我浓墨重彩地表扬了这种做法，不仅是为了激励惠，更是让全班同学树立不懂就问的习惯和意识。

2019 年 1 月 8 日　周二　晴

第二节课后，张校长推开办公室的门，约我去几个村转转，这对我来说也是实地调研。来陈疃半年了，一直没机会去村里的学校看看，我抓紧整理了一下便下了楼。同行的还有两位学校领导和一位支教老师，我们一行 5 人，驱车 20 里，首先到达东辰小学。这是一所完小，6 个年级，共 130 名学生，没有暖气，教室里生着炉子，炉子用一个较大的铁笼罩着，看着挺安全。三大排平房，各种功能室比较齐全，内部设施、设备也都一应俱全。操场也很大，篮球场硬化了，一名体育老师领着二年级的学生在练习投篮，20 多名学生分成 4 组，井然有序。体育老师姓张，还有 3 个月就退休了，还在教学岗位上坚守。我们去的第二所学校是希望小学，有 30 名学生、近 20 名教师，但校舍依然很大。北疃小学有漂亮的教学楼，校园文化丰富，每面墙壁都是景观，学校共 5 个年级，有 16 名学生、10 名老师。感叹乡村地广人稀，每所学校都很宽阔，虽然学生很少，有的班级也就是年级只有 1 名或 2 名学生，但教学设施一应俱全，微机室、图书室、多媒体室等的设备都很完备，课程开设齐全。国家对教育均衡发展政策的推进，使农村学校也能享受到优质的资源。同来的校领导对学校进行了全面的检查和指导。陈疃镇一共 4 所学校，为实现教育全覆盖，每所学校距离都很远，转一趟下来一上午就过去了。

随着城市化进程的加快，进城务工人员增多，乡村的学生越来越少，但是即便是一个学生上学，学校也提供了全方位的服务，课程开设、设施配备都很齐全。只是好几名老师围着一名学生转，在部分学校极度缺乏师资的情况下，不能不说是教育资源的一种浪费。教育也得为大环境、大气候服务，我们也只能在有限的范围内做好自己。

2019年1月25日　周五　晴

在和孩子们融洽的相处中，一个学期匆匆地结束了。

期末考试成绩，全班平均分年级第一，及格率百分之百，婕得了全镇唯一一个满分，最让我欣喜的是龙和辉，以前他们的成绩都在及格线徘徊，这次不但有很大的进步，还都得了优秀，惠也取得了不错的成绩，进入了良好的行列。

其实我最大的欣慰是点燃了孩子们学习的热情，期末复习阶段，尽管各学科作业都不少，但还是有不少孩子找到我，想要多做一些数学题，甚至一些平时不完成作业的学生也来要试卷做，并且能在第二天完成，这让我看到孩子们的可塑性与教育的无穷魅力。尽我所能让优生“吃饱”、中生“吃好”、差生“吃了”，当看到孩子们眼里闪烁着求知的光芒，当一道道思考题引发学生的热议，我觉得我迈出了成功的第一步。

我庆幸我见证并参与了孩子们的变化与成长，孩子们的成长绝不应该只体现在学习上，而应是素质的全面提升，我也知道还有很长的路要走，希望以后的岁月里，孩子们能有更多的平台和机会得到锻炼，健康快乐而且全面地成长。

相信种子，相信岁月，我愿与他们一道迎来人生的庆典！

支教期间，除了教数学课外，我还兼任四年级的心理健康课老师，下面是我一节课后的感想……

需要一把剪刀

今天给孩子们上了一节心理健康课——思维大激活，因为这个题目不是那么容易理解，我怕出现偏差，就故意问孩子们：看到这个题目你们觉得我们要上一节什么样的课？一连问了几个学生，最后终于有个孩子提到了发明创造。由此我引入了发明并不高深莫测、创造距离我们也不遥远、多留意生活、生活处处都是创造之地的主题。随后同学们齐读书中的序言（陶行知先生的话）：处处是创造之地，时时是创造之时，人人是创造之人。有了这些铺垫，再开始阅读书中的小故事《需要一把剪刀》，故事讲述的是篮筐的发明过程（原文附后）。

读完后，我开始点拨：从这个小故事中你明白了什么？孩子的回答如下：

我知道了篮球筐原来是用篮子做的；

篮球筐原来是漏不下去的；

这个小男孩很聪明，他能想到用剪刀剪；

剪刀很有用……

我赶紧把孩子们的思维拉了回来。男孩是聪明的，但我觉得他更是一个有心的孩子，他对自己在生活中看到的事能从不同的角度去思考，让看似复杂的问题迎刃而解。去掉篮筐的底，就这么简单，但在当时那么多有识之士都没有想到。可见，无形的思维定式就像那个结实的篮子，禁锢了我们的头脑，使我们的思维就像篮球被“囚禁”在了篮筐里。生活中许多时候就需要这样一把剪刀，剪掉那些缠绕我们的“篮筐的底”，还生活以简单。

接着我出示了几个孩子熟悉的物件——回形针、报纸、蜡烛，让他们思考用途。其实我料到可能会陷入僵局，我提前做了准备，做了《回形针的用途》的课件。先让学生思考回答后，然后以补充的方式展示了课件，课件中列举了回形针的用途：做书签、穿帘子、当挂钩、做 DIY 工艺品、做灯饰、做首饰（项链、戒指、耳环等）、开锁、作为电子邮箱里的符号等。课件图文并茂，在孩子的惊呼声中，我觉得我已经拿到打开孩子思维的钥匙。我趁热打铁让孩子们讨论蜡烛的用途，随后提问。可是问来问去，就是做各种灯，孔明灯、纸船灯、瓶子灯，以及融化后可做成笔筒、小船，除此之外，再无其他。

课后我陷入了思考：到底是什么禁锢了农村孩子的思维？

我做了如下总结：

1. 视野窄。没有太多的机会接触外面的世界、新奇的事物。

2. 知识的宽度和广度有限。读书少，造成认知的局限。

3. 父母的文化程度低。父母是孩子的第一任老师，父母的言传身教影响孩子的生活方式。

4. 受教育的方式有局限。思维的开阔与敏锐是靠各个学科的老师共同培养的，对成绩的追求，让老师只重视答案的完美与唯一。

打破农村孩子思维的单一与局限，是学校、家庭、社会共同的责任，希望我能尽上自己的绵薄之力。

“雪融化了是春天”，多么美的一首诗，作为教育工作者，不能只看到答案，要看到孩子身上活跃的思维、跳动的思想，保护孩子眼里的春天。

需要一把剪刀

据说，篮球运动刚诞生时，篮板上钉的是真正的篮子。

每当球投进去后，就有一个专门负责的人踩着梯子上去把球拿出来。

为此，比赛不得不断断续续地进行。

为了让比赛更顺畅地进行，人们想了很多取球方法，都不太理想。有一位发明家甚至制造了一种机器，在下面一拉就能把球弹出来，不过这种方法仍没能让篮球比赛紧张激烈起来。

终于有一天，一位父亲带着他的儿子来看球赛。

小男孩看到大人们一次次不辞辛劳地取球，不由疑惑不解：为什么不把篮筐的底剪掉呢？

一语惊醒梦中人，大人们如梦初醒，于是才有了今天我们看到的篮网的样式。

支教的路上风景很美……

春的邂逅

前天下了一天的雨，昨晚又刮了一夜的风。今早起来，天气格外晴朗，天空高远纯净，不远处的山峦清晰可见，近在咫尺，空气中弥漫着清新的气息，只有在雨后的春天才能闻得到。

我们一行四人，驱车行驶在去往陈疃的山海路上。窗外的街道呈现出早春的迹象。

通往陈疃的路

碧玉妆成一树高，万条垂下绿丝绦。泛着绿意的嫩绿的柳枝条，一条条垂下，恰似那一低头的温柔。道路两边的绿植经过一场春雨的洗礼，冒出深浅不同的绿。迎春、红梅、玉兰在向阳的坡上也急急忙忙地披挂上阵，黄的、红的、白的，在还没完全返青的路边，格外惹眼，看一眼就要醉了。

“几处早莺争暖树，谁家新燕啄春泥。”鸟儿欢快地叫着，在我们车前掠过，像在和我们做游戏。记得小时候写作文，最后总是来上一句“呈现出一片欣欣向荣的景象”，对照窗外的春景，这句话很是恰当。

其实今年的春天和往年的春天没什么不一样，今年的街道还是去年的街道，可是我却好多年没看到这么美的春天了。日子总是在匆忙中不经意间地流淌，转眼间就匆匆走过了许多年，每年当我惊叹于春天的美丽时，不禁会有一个疑问：春天是什么时候来的？花是什么时候开满的？每次当我在忙碌中抬起头来，季节已经完成交替。今年到陈疃镇中心学校支教，除了了解乡村教育，我还通过每天40分钟的车程，看到春天是如何一步步向我们走来，四季是如何交替更迭，就像我的学生，我见证并参与了他（她）们的变化与成长。

从前的日子很慢，慢慢地看着岁月变换。现在的日子也可以很慢，慢慢地品味生活，静看云卷云舒。

生活很美好，需要放慢步子去感受。孩子们很可爱，需要俯下身子去倾听。

放慢脚步。

静待花开。

陈疃镇中心小学受表彰的学生

第二部分 专业引领

我的心中藏着一个关于教育的梦，一直在拔节、生长，我一直在寻找『尺码』相同的人，与我共同追寻那个理想，那个梦……

请跟我来

——《我的教育理想》倡议书

在担任业务校长一年后，我在学校发出了如下倡议：

还记得你的教育理想吗？

还记得你的踌躇满志吗？

还记得《第 56 号教室的奇迹》吗？

你想拥有那间与学生共同成长、共同穿越、共同书写生命传奇的教室吗？

那一天，我们目睹了常丽华，与她徜徉在“农历的天空下”……

那一天，我们聆听了李镇西，看他与学生们共同演绎人生的大片……

我们还欣赏了巴学园，为小豆豆能遇到小林校长而感怀……

其实，你也可以。

你也可以拥有这样的教育人生，也可以打造一间这样的教室……

那么，请到这里来……

我校准备在新入学的一年级中为有志于实现自己教育理想的老师提供这样一个舞台……

1. 小班额。

2. 教室配办公桌椅，可在教室办公。

3. 在不违背学校制度的原则下，班级实行自主管理。

4. 在用好规定教材的同时，可自主开发班本教材。

5. 可从任课老师中自行选择一位老师做副班主任。班主任费为×××元，由班主任自行分配。

6. 可自行选择自己认为合适的学生课桌椅。

7. 可以自行选择教室的装修风格。

8. 自行组建家长委员会。

9. 备课、教学可以有自己的风格。

……

有意向的老师，请于月底前申请报名，以便假期中我们进行培训、编班。

请跟我来……

做有思想的行动者

——《小学语文课程二度研发》课堂教学评课

2015年，我研发并主持了《小学语文课程二度研发》的课题，引领老师对小学语文教材进行深度整合、重建、思考，为此我们进行了积极的探索与实践。5月，有三位老师运用课题研究成果进行了公开课展示，下面是我的评课，意在引领。

三位老师的公开课都体现了“授人以鱼不如授人以渔”的教学理念，都在不同程度上提到了学习语文的方法：学习字词的方法，如何查阅不理解的字词，借助阅读的技巧猜测词语含义；分析写作手段、修辞手法并加以练习运用；做好课堂笔记的方法；等等。这无疑对学生的学习要求提升了一个高度，让学生知其然也知其所以然，让他们就像拿到了通向语文学习道路的钥匙，能打开获得所有语文知识的大门。

三节课各有千秋，各具特色。勇老师讲的是课内课——黄鹤楼送孟浩然之广陵。她在教学方法上进行了二度研发。一个特点是以让学生自主探究、查阅资料为主，针对重点的字、词做深入的剖析，不仅诠释字词的意思，还通过大量的图片、地图、视频、音频等为学生提供清晰的视觉信息，非常符合小学生的认知规律，并且为学生喜闻乐见，乐于接受，为更深地理解诗意做了良好的铺垫。为什么不说解释诗意，而是理解呢？这是这节课的另一个特点，不是从字面的意思一句一句支离破碎地解释，而是从整体去把握、去理解，了解李白与孟浩然所处的时代背景、社会地位以及两人之间的关系、感情，理解当时的季节和黄鹤楼、广陵的地理位置等，目的是让学生不仅熟记这首诗，更能从字里行间整体把握作者的感情，挖掘得比较深。

臧老师的课在选材、设计上都有独到之处。臧老师选取了《大熊猫观赏记》《国宝——大熊猫》两篇文章，将这两篇内容相近而文体不同的文章放在一起学习，既能在教学内容上互为补充，又能在表达方式上方便对比，真可谓独具匠心。课堂上采用先预习探究再点拨引领的方法，分别分析了两篇文章，并提炼出学习的方法，然后从写作对象、表达方法、写作内容、写作结构这四个维度比较两篇文章的异同，将本课提升到了新的高度。这并没有结束，臧老师又让学生学以致用，通过姐弟俩游丽江，表达自己不同的感受，让学生选择不同的文体，以检测学生学习的效果。这节课不单单是学习了两篇课文，而且是将知识纳入一定的体系进行整理、分析、比较、归类，使所学文体更加系统，这也正是我们对语文课进行二度开发的意义所在。

朱老师讲的是《北大荒的秋天》，是课外内容。整节课洋溢着一种感觉——北大荒的秋天真美，老师课上得真美，孩子们表现得真美！首先是语言美，这篇文章本身很美，老师用生动的语言做注解，如行云流水，衔接自如，为学生呈现出一幅幅精美的画面，体现了语文老师良好的学科素养，同时又简洁流畅，紧扣主题，引领学生用美的语言去描绘秋天生动的画卷。其次是画面美，朱老师巧妙地运用了信息技术手段，展示了“天空中银灰、橘黄、血红、绛紫等不同的颜色，像蓝色绸缎一样的小河，丰收时硕果累累的原野”，美丽的画面紧扣课文的语言，视觉与文字恰到好处地进行了融合，既为学生想象的空间增添了浓墨重彩的一笔，又为学生的语言表达搭建了一座桥梁。最后是读得美，在美的语言熏陶下，在美的意境感染下，学生读得美、学得美，造句行文无不体现了语言美。课堂氛围其乐融融，呈现出“男孩像绅士、女孩像淑女”的各美其美，这说明平时老师的管理就是“春风化雨、润物无声”的教育，同时也是这篇文章蕴含的美感染了孩子们。在此基础上，老师向学生展示了张抗抗的作品《最美是北大荒》的节选，同时又推荐了四年级课文刘国林的《可爱的草塘》及课外作品丁玲的《北大荒》，把学生的目光引向更远。原本课文中描绘的北大荒就很美，老师又为学生呈现了那么美的意境，连我都不由得想去看看老师推荐的作品，更多地去了解北大荒，何况孩子们。由此学生会爱上这些文章或去读更多的文学作品，这也就是我们进行语文课程的二度研发的又一意义所在吧。

这三节课是成功的，都在不同程度上体现了我们研发的思想。《小学语文课程的二度研发》使我们的语文课堂更具有开放性，在内容上作为语文课的补充，既补齐短板，又拓展延伸，还可以提高升华；既可以将知识系统化，进行比较归纳、分类，也可以选择美文供学生欣赏，以激发学生的学习热情。

这三节课不仅是三节课例，老师们还为我们诠释了课题研发的精髓，让我们真正从教书匠变成了一个有思想的行动者！

二月春风似剪刀

——写在“数学小课题研究”中期研讨会

2012年2月23日，伴着料峭的倒春寒，我们数学小课题研究实验学校的老师们齐聚龙山文明故里——莒县，参加“数学小课题研究的实施策略”课题中期研讨会。说实话，我们已有一年多没有深入地进行数学小课题的研究了，随着市教研室李主任去香港讲学，我们日常忙于教学，数学小课题研究也被悄悄地搁置了，因此这次大会让我们有种久违的亲切感。

大会开幕式没有领导讲话，直奔主题——介绍了本次大会的主要内容，就直接进入公开课环节，让人又一次体会到“数学小课题”实实在在的研究精神。

研讨会共展示了5节课题课，其中一节是课外课的研究。第一节课由张老师讲解圆柱，一上课就感到张老师是一位经验丰富的数学老师，她在语言、教态、与学生的交流、对知识的点拨上都显示出了十足的底气，也就是这节课，一下子拉近了我们与数学小课题研究的距离，让我们重新回到数学小课题研究的氛围和状态。在张老师的引导下，学生一口气从圆柱体的基本特征、圆柱体的展开图、圆柱体的表面积，一直展示到圆柱的体积，而且意犹未尽，还研究出了圆柱体积的几种求法，让我这个老师也大开眼界，其中将圆柱沿着底面切成若干份，再用底面积去乘切的份数——这种方法，我都没有想到过，这让我不禁又一次惊叹孩子的潜能。就这样，本来3节课的内容用一节课就学完了，虽然每一部分都没有进行练习，但可以看出孩子从展示中得到的要比老师备课给予的多得多，多的不仅是方法，还有兴趣与钻研的精神。

就这样，每一节课，我们在学生们的研究与展示汇报中感受到了一次次的震撼，每一节课，学生们都由浅入深地展示，汇报的方法都远远超过了教材的介绍，如记忆大小月的办法，学生就汇报了五六种。每一节课，研究的知识点都很深入，通过数据、画图、实物，介绍得很翔实。如《三角形三边关系》不仅解决了“任意两边和大于第三边”的问题，还研究了第三边的具体范围。通过“猫和狗为什么蜷缩着身子睡觉”这一生活现象，学生研究出来体积与表面积的关系。《长方体的认识》使学生们不仅对长方体有了深入的认识，还得出了“一次最多看到三个面”这一教材中没有的知识。《年月日》展示的知识更加丰富，我们不像是在听课，更像是进行天文知识的普及。一次次的精彩纷呈让人感慨，只要我们给孩子们足够的指导、足够的空间、足够的舞台，他们迸发出的能量是无穷的，如果这样的课长期坚持下去，我们的教室里坐着的很可能就有爱因斯坦、爱迪生……

5 节课后，市实验小学的庄主任为我们介绍了他们学校开展小课题研究的情况，莒县的何老师从他们学校研究的历程为我们做了反思，最后市教研室的李主任做了题为《扎实进行评价改革 深入推进数学小课题研究》的报告，李主任高屋建瓴地为我们指出了数学小课题研究新的征程、面临的困惑、有利的因素和下一步主攻的方向，让我们课题组的老师感到目标就在眼前。

会后正值中午，阳光暖暖地照着，春天真的来了。

还你一片自主的天空

——远程研修观课有感

今年的远程研修，是继往年的专题学习之后省专家为我们准备的又一道别样的专业成长大餐。我有幸领略了来自不同地区不同年级不同课题的6节录像课，让我在了解不同风格、不同特色的授课方式的同时，从更多的老师身上学到了更多的优点，特别是庞老师所讲的《用数对确定位置》，给我留下了深刻的印象。这样的课堂，学生是幸福的；这样的授课，学生的思维是自由的，学生是真正意义上的主体；这样的教学，给了学生一片自主的天空。

这节课整体给人一种大气磅礴、运筹帷幄的感觉，各环节衔接紧密，过渡自然，浑然一体；练习题有层次，有梯度，适度拓展，满足了不同学生的需求；生活气息浓厚，将知识放在学生的体验中，体现了数学学习的价值。庞老师的个人素质也是很高的，语言简练生动、条理清晰，板书重点突出，字迹美观，一目了然。更为关键的是这节课充分体现了“师主导、生主体”的教育思想，充分尊重了学生的主体地位。

一、创设情景，再现知识的形成过程

在学习数对如何表示时，庞老师设置了具体的情境，引导学生经历由观察实物情境图到抽象图的过程，让学生自己去设计数对的表示方法，然后共同对学生设计的作品进行分析，找出最优的设计方案，从而揭示用数对确定位置这一知识点。这个情景再现了知识的形成过程，让学生充分参与到设计中，学生成为设计者、自主创造者，成为学习的主人，这不正是我们追求的课堂吗?!

二、引设冲突，在质疑中生成新知

在教学用数对的表示法时，庞老师敢于突破教材，在学生已有的知识水

平和生活经验的基础上，借助多媒体课件的演示，化静为动，形象直观地帮助学生理解列和行以及数对的含义，在积极热情的学习氛围中引发矛盾冲突，并在质疑中生成了所要学习的内容，突出了重点，突破了难点。庞老师对学生回答过程的不完整，没有指责，而是加以指导补充；对学生思维受阻，不是置之不理，而是给予启发和诱导；对学生的“创造性”答案，毫不掩饰自己的兴奋，给以热情的赞赏和鼓励，从而把教学过程变成探求真理的、带有感情色彩的数学交流过程。学贵知疑，庞老师不但设疑答疑，更善于鼓励学生质疑，提出一个问题往往比解决一个问题更为重要，庞老师的鼓励、尊重，不仅促进了知识的生成，而且也极大地保护了学生的好奇心。

三、巧设问题，激发学生的学习热情

这节课的整个过程，衔接紧密，各环节过渡自然，这与庞老师巧妙的问题设计是有很大关系的。庞老师所提的问题，都给人伸伸手就可摘到苹果的感觉，因此能让学生有的放矢地进行思考，给学生主动学习创设了平台。如在学习列和行的必要性时，庞老师问：为什么不能从一个方向用一个数确定位置？等等。这些问题打开了学生的思维，给了学生更广阔的空间。

叶圣陶说过，他并不称赞老师讲课时有怎样的高超艺术，“最要紧的是看学生，而不是光看老师讲课”。新课程标准提出学生是学习的主体，教师是数学学习的组织者、引导者与合作者。庞老师的这节课恰当地体现了这一思想，让人回味无穷。

实践是检验真理的唯一标准

——写在第七届山东省师范类高校学生从业技能大赛

2019 年 11 月 7 ～ 8 日，我应邀担任了第七届山东省师范类高校学生从业技能大赛评委，两天时间共听了 31 节课，感触颇多……

感慨一：选手综合素质高。形象美、气质佳，普通话非常标准。教学中语气语调抑扬顿挫，入情入境，绘声绘色。粉笔字字迹美观，书写规范。教态自然大方，有亲和力，体态语言自然得体大方。

感慨二：选手专业水平强。其中的抽取题更能体现选手的综合素质，部分选手这一部分讲得比固定部分还要精彩，更放得开，因此讲得更有水平，体现了较高的专业水准和综合能力。

感慨三：准备充分，有以下体现：

1. 妆容、服装很得体，体现了对职业的尊重。

2. 课件制作精美、准确，恰当运用制作难度较高的动画技术，形象生动，达到了较好的教学效果。

3. 板书设计合理规范，制作了精美的教具，用以辅助教学。

4. 语言流畅、思路清晰、说理清楚，与课件衔接准确到位。

但是，美中不足的是，他们毕竟是象牙塔走出的骄子，没有经过真实课堂的历练，因此存在很多与实际脱节的地方。

第一，忽视了作为学习主体的小学生的特点。小学生活泼好动，每一节课都不会老老实实、规规矩矩地坐在那里，他们集中注意力的时间最多只有 10 分钟。讲课时，老师要不断组织课堂、评价学生。“看谁听得认真”“小组比比赛”“你说得真好”“你真善于动脑筋”，给学生明确的指令，不断让学生知道如何做是对的、怎样做是错的，不断进行纠偏，从而不断培养学生良好的习惯。

第二，对教材研究不深入，知其然不知其所以然。

一是重难点把握不好。一节课的重难点应该用多种手段和方法去突出、去突破，而大赛中展示的教学方式却比较单一，有点蜻蜓点水，浮于表面。板书时重要知识点应该用彩色粉笔去突出，而大赛中选手用彩笔标识的地方却不是重难点。可见选手对教材的研究只停留在了表面，并没有结合孩子的认知规律展开，与实际教学脱节。因此，看似高大上的一节课却不接地气，很想多问一句：你的教学目标是什么？实现了吗？

二是部分环节欠规范严谨。数学是一门严谨的学科，老师的行为具有示范性，譬如平行线、垂线要用尺子画，小数点、比号是原点，这些都应该很规范。“乘以”早已改成“乘”，“乘以”的说法已被弃用。分步算式、综合算式只是形式的不同，没有别的含义，不论分步还是综合都是连乘，而不是——只有综合才叫连乘。另外，“解决问题”不能说“这是一种解决问题的题”，而应该说“我们今天来解决问题”。此类种种，你若放之毫厘，孩子就会谬之千里，呈现给孩子的知识一定要科学严谨。

第三，教态过于谦卑。老师的教态要大方自然，在教学过程中要面带微笑，有亲和力，也可以运用一些肢体语言、体态语言等教学手段，以便于学生理解和掌握教学内容。教师是知识的传播者，是姐姐，像妈妈，要亲切、自然、大方，有亲和力，但还要有权威。作为教师不仅要让学生喜欢你、亲近你，还要尊敬你、崇拜你，所以我们要把背挺直，展现出良好的气质修养。

第四，板书的把握不恰当。教学是以学生为主体，学生是学习的主人，是思考的主体。老师的教学应围绕学生展开，板书时要有所安排，让学生或做题或思考。板书旨在体现教学重点，重点内容放在课件上会一闪而过，而板书是可以保留的，因此能板书尽量板书。当然，时间不能过长，所以板书要力求简洁凝练。贴纸是一种辅助的教学手段，只有在板书内容确实很多时，为了节省时间，不影响课堂教学才使用。板书的另一大功能是便于教学总结，一节课结束前要对照着板书进行总结，多数选手忽视了这个环节。

第五，提升与总结边界不清。多数选手进行了学习方法的提炼和数学思想的提升，并且做出了最后的总结。提升对于小学来说是教学内容的一部分，需要在应用中渗透，而不应仅仅在总结中提及。总结时应对照着板书，小结这节课的主要内容，让学生条理清晰地明了所学知识，总结还要接近孩子的认知，面向全体学生，而不是无端拔高。

最后，真心希望刚刚走出校门的天之骄子能真正深入课堂，去了解孩子、接触孩子、认识孩子，熟悉我们的服务对象，在实践中重新调整我们的教学，让我们的教学真实发生在课堂上，因为实践才是检验真理的唯一标准。

勤奋是成功者的通行证

——参加山东省小学数学教师专业成长研讨会有感

山东省小学数学教师专业成长研讨会在临沂如期召开，来自 17 个地市的 19 节课分 3 天进行了精彩展示，让我们回味无穷。

本次活动课程执教者多是省优质课获奖老师，有着多年的授课经验，同时经过了课改的洗礼，并在课改中坚实地走了下来，由此形成了本次活动课程的特有风格。

尊重，是我们耳熟能详的词语。在平时的工作中我们要尊重学生的个体差异，尊重学生的主体地位，尊重学生的每一次质疑，但在实际教学中，这些却往往被我们忽略。在本次研讨会上，尊重的确是每位执教老师共同的特质，他们在教学中都能尊重学生已有的生活经验，细致地再现了知识的形成过程，让学生在动手、实验、思索中经历一个个体验的过程，能俯下身来平等地对待学生，尊重学生的每一个问题，这让我感到了他们的层次。在我们老师平时的授课中，学生的回答如果不是老师所要的答案，总是被老师搁浅，置之不理，让学生感到老师离他们很远很远，习惯于看老师脸色行事，长此以往，学生尊重的不是知识而是老师的表情。这些名优教师的课堂体现了他们的大家风范，鼓励孩子的不同声音，不怕耽误时间，不怕出错，不怕没按教案走，学生的每一个问题都是他们研究的题材。这就是不同，正是这个不同成就了他们的成功，或者说他们的成功正是来自这种特质：尊重了学生才尊重了知识。

课后，执教老师讲述了自己的成长故事，让我们在娓娓道来中看到了成功背后的艰辛。他们工作在教育战线，都是一线教师，承担着繁重的工作，他们的成功在于有心，在于执着，在于智慧，在于勤奋。教师的专业成长只有有这些素质的衬托才能行稳致远。

优课以何为“优”

——2020年远程研修有感

近几年，一度取消了省级优质课的评选，我们能看到的省课只有远程研修服务平台上“一师一优课”中的“优课”。是否用“优课”代替了原来的省级优质课，不得而知，但说起质量，两者之间还是相去甚远，实在不能同日而语。省级优质课是各地市精心打造的高质量的课例，凝聚了众多教师和教研员的心血，是整个团队集体智慧的结晶，代表了一个地市的水平。每每去参加省级优质课评选的听课活动，都觉得是一场饕餮盛宴，是一道丰盛的精神大餐，鼓舞士气，精神会为之兴奋许久，还要择优把光盘买下来，回去与同事们共享。如今远程研修中的优课也是在省级平台上，推送的课例数量多，观看起来也直接方便，却不知道代表了哪一级的水平，总是没有让人为之一震的感觉，就像在学校里组织了一场公开课、示范课，抑或是课堂教学比赛活动，常态之下老师还是精心准备了，代表老师的最好水平，但总归是校级水平，透着一种平常、一种缺憾，找不出哪个环节特别值得推崇，哪些教学手段值得推广借鉴，哪些教学艺术是值得研讨吸收的。

本次远程研修平台为我推荐了《三角形的分类》《10以内数的大小比较》《平行四边形的面积》三节课例。课程的年级不同，分别分布在一、四、五年级，课型不同，有数与代数，有空间与图形，录制的效果也不错，老师也进行了精心的准备，有些还用的不是自己的学生，一看就是精选的优生。可学习完成后，整体感觉离自己的预期有些远，细想想有如下遗憾：

（1）教学不严谨，任意改变教学时间。我不知道当初在评选录制时是否有教学时间的要求，我看的三节课中，《平行四边形的面积》这节课用了30分钟，《10以内数的大小比较》只有20分钟，展示了一个教学环节，是因为考虑到一年级学生年龄特点而只展示片段吗？不得而知。小学学段的课堂教学时间一般是40分钟，既然是观摩学习课，是不是应该尊重这个事实呢。

（2）老师的教学艺术值得推敲。我们所见的优质课，老师都有过硬的教学基本功和良好的个人素质，从仪容到仪态都体现出为人师表、师道尊严，老师自身也有一种亲和力和感召力，让学生愿意亲近。一般老师的语言或是激昂的，或是幽默的，学生随着老师的话语而身心投入，乐此不疲。老师的讲解也是准确生动的，总能让学生或质疑，或恍然大悟，在“山重水复疑无路”的困顿时刻，迎来“柳暗花明又一村”的顿悟。可是现在我们看到的课堂，却像学校里隔壁班的老师在上课。

（3）教学策略需要提升。我们都知道课堂上学生是主角，教学时应以学生为主体，老师处于主导地位。优课的课堂应该是学生积极思考，大胆质疑，学生在老师的引导下跳起来能摘到苹果，在老师鼓励提醒、激励引导的评价中学生全心投入的教学场景。同时，对课堂效果的评价应当基于学生的思维发展、上课的投入程度、知识的掌握情况。可是平台中优课的课堂很少看到这样的场面，在评价反馈时对这些方面的关注也少之又少。

可以肯定的是，在常态要求下，我们这些老师的教学是优秀的，被推上来的课也都是精心准备的，都是学校里的精品。如果让我们在省级的平台上能欣赏到更高质量的优课，我们的一线教师是不是收获能更大呢？

坐在路边鼓掌的人

——记我的学生J

苏霍姆林斯基说：对一个学生来说，五分是成功的标志，而对另一个学生来说，三分就是了不起的成就。

J是一个被老人惯坏了的孩子，家庭条件很优越，父母忙于工作，多数时间由爷爷奶奶照顾。老人的宠爱让他的独立性很差，上小学了还一边看电视一边由爷爷奶奶喂饭。

J的脸很白净，感觉缺少阳光的照射，身材不很挺拔，一看就缺少运动。J的成绩一直不好，到了六年级也是勉强能跟上，字写得比较稚嫩，一看笔迹我就知道是他的作业。

J虽然成绩不好，我却很喜欢他，因为他除了成绩不好，没有别的毛病。他很诚实，每次做错题，总是满脸愧疚地站起来，我知道他不是故意做错的，更重要的是他觉得愧对老师；他上课很守纪律，在他听得困难时会开小差，但从不打扰别人；他和同学都能相处得来，六年来没听说和谁闹过矛盾。他嗓子很好，专门学了声乐。他品质不错，也有自己的特长，只是成绩不好，常常感到自卑。他回答问题时缺少底气，别人一提出不同的意见，他就会把头深深地低下，这让我常常感到很心疼，也总是在力所能及的时候全力保护他的自尊。

为了从根本上解决问题，我常常与他妈妈沟通，他妈妈是一位精干、知书达理的女领导，孩子小的时候自己忙于工作，把孩子交给了老人，忽视了对孩子习惯的培养。如今对孩子的现状也很着急，只是好习惯的培养不是一蹴而就的，它是一个长期的过程。我向她提出以下建议：第一，让孩子多进行体育锻炼，促进协调能力的提高；第二，因势利导，发展孩子的特长和爱好，从内心深处建立自信心；第三，学习上多引导，尽量培养孩子的兴趣。

培养孩子的过程是一个漫长的过程，孩子的进步也需要时间的磨砺。尽管我们付出了艰辛的努力，J 的进步却不是很显著。J 的成绩依然不好，但他没有落下，一直紧紧地跟着学习进度，脸上的笑容也渐渐地多了起来，性格日渐开朗。我相信只要这种良性的努力一直持续，J 会越来越快乐的。

J 马上面临毕业，对于他的未来，我深深地祝福，如果他成就不了一番大事业，我希望他能成为一个健康、乐观，坐在路边鼓掌的人。

（因材施教始终是老师应该遵循的硬道理，为学生的终生幸福奠基始终是教育的终极目的，愿我的每一位学生都能在我们的教育引导下，以适合自己的方式健康幸福地生活。）

我的形象我做主

——如何做好新时代师德师风建设

“教师是人类灵魂的工程师，是人类文明的传承者。”在2018年颁布的《新时代中小学教师职业行为十项准则》中，这句话赫然列于首位，不禁再次让我心生神圣之感。这是党中央对教师职业的诠释，也是对广大教师坚守岗位默默奉献的肯定。细读十项准则的内容，感到它具有鲜明的时代烙印和现实特点，对我们的教育工作有着指导和规范的意义。

对于十项准则的内容，我感受颇多的是第五条：“严慈相济，诲人不倦，真心关爱学生，严格要求学生，做学生良师益友；不得歧视、侮辱学生，严禁虐待、伤害学生。”对比十年前的教师职业道德规范，准则中取消了“不体罚和变相体罚学生”，增加了“严禁虐待、伤害学生”。这虽然是仅仅几个字的改变，但我觉得意义重大，我的理解是：老师可以有适度的惩戒权了！

曾几何时，我们的老师对于那些违反纪律且屡教不改的学生，简直没有办法，只要老师对学生稍加惩处，就有个别家长、媒体不依不饶、上纲上线，说老师违背师德、体罚学生等，我们的老师也如履薄冰，教育学生战战兢兢，生怕触犯红线。如今的中小学生懂的都特别多，有些学生明知自己犯了错误也不悔改，当老师批评、惩治他们的时候，就会搬出《未成年人保护法》，说老师不能体罚学生等，甚至投诉老师，所以老师对学生敢怒不敢惩，只能捧着、供着、哄着！当教育工作者都不能行使教育惩戒权时，最终吃亏的还是我们的孩子。

我处理过一次家长投诉，孩子上课不遵守纪律，老师屡次提醒批评仍不改，为了不影响上课，老师罚他站，巧的是当晚孩子发烧（当时正值感冒流行期）。第二天就接到家长的电话，气势汹汹地说道：“孩子被老师罚站，导致孩子受到惊吓，发烧不敢上学，我要求见领导反映问题。”当时我接待了这位家长，家长一开始就强调孩子体质一直很好，如果不被批评罚站，不会受到惊吓而发烧说胡话甚至不想上学，要求老师在课堂上给孩子道歉并调换老师，态度非常强硬。看似可笑的事情，就真实地发生在我们身边。

我和这位家长沟通了三次，首先是摆事实，把调查的结果还原给他——老师只是制止和批评了孩子不守纪律的行为并罚了站，没有其他过激的言行。其次是讲道理。我记得其中有这样几句：如果孩子不遵守纪律的行为老师不去制止，而是放任自流，试想孩子会变成什么样？还会有规则意识吗？这是你希望看到的结果吗？如果退一步说，老师当众给孩子道了歉，那么老师，不仅是这位老师，而是所有的老师，将在孩子心目中处于什么样的地位？老师还敢管你的孩子吗？你的孩子以后还会听老师的话吗？如果学生连老师的话都不听，他会成为什么样的人？是你希望看到的吗？玉不琢不成器，学校老师不敢管的学生，社会法律一定会管！最后告诉他：其实最可怕的不是老师批评学生，而是老师对孩子不闻不问，放弃对孩子的教育！经过三次艰难的沟通，家长终于改变了恶劣的态度，撤回了不合理要求，最后孩子给老师道了歉。

我们讲师德、正师风，但也要有底线，教育从来不是放纵，适度惩罚才会让教育真正变得有力量。

准则第五条的规定，让我们感到老师有了更多的话语权，也让我们的孩子在正常范围内明辨是非，学会对自己的言行负责。这是我感受比较深的一条。从中也可以看出准则中的每一句话都是经过精雕细刻、缜密研究的，既具有现实的指导性，又有实际的规范意义。整体而言，我觉得准则结合了新时代的特点对我们教师提出了新的更高要求，包括坚定政治方向、自觉爱国守法、传播优秀文化、爱岗敬业、关爱学生、诚实守信、廉洁自律等，每一条既提出了正面的倡导、希望，又划定了师德底线。

准则是写在纸上的文字符号，行动才是我们老师坚守教书育人底线的标尺。陶行知说："要人敬的必先自敬，重师首在师之自重。教师要自敬自重，就是将对教育事业的坚定信仰化为自己肩上的职责。"

2018 年 8 月，我响应国家政策与号召，报名来到陈疃镇中心小学支教，第一次来到农村学校，一切感到新鲜且陌生，面对敦厚与朴实的农村孩子，年轻老师亟须引领与成长的现状，我开始默默地耕耘。搞讲座、听评课，助力教师专业成长，培养孩子的行为习惯。不到三个月时间，我共听课 18 节，涉及数学、语文、音乐、体育、美术等学科。每次听完课都要进行详细的点评，评课时不仅评价这一节课，而且拓展到教学常规、教学理念、教学方法以及学科的特点、课堂的命脉等，让老师知其然知其所以然，看到老师恍然大悟的表情，我感到一种职业的幸福。为了更了解农村教育，密切与学生、家长的接触，我深入一线，申请做一名数学老师，从备课、上课、批改作业到辅导学生，我倾情于每一节课，我用行动带领孩子遨游在知识的海洋里，坚守我任教的这间教室，陪伴孩子成长，我相信只要付出就会遇到生命的庆典。

那是 11 月中旬，学校召开师生运动会，我报名参加了跳绳比赛，老师的比赛向来是学生最愿意看的节目，一般都是一边看老师的洋相，一边断断续续地加油助威。很快轮到了跳绳项目，随着裁判的一声号令，我们牵绳开跳，一分钟我竟然一次也没断开。跳完后，我的学生都围过来，40 多名学生将我团团围住，真诚的祝贺成为一道特有的风景，让我成为其中最幸福的一个人。其实，我和四年级二班的孩子相识也才两个半月，在这段时间里，我的真诚付出得到了回报，不论是我表扬过的学生还是我批评过的学生，都明白了我对他们的好。这一刻，我觉得我的所有付出都是值得的。

2017 年 10 月与魏书生老师合影

所谓“亲其师，信其道”，教师需要用心去启迪心，用火去点燃火，用高尚的灵魂去铸成灵魂的高尚，这是时代的要求，更是我们对自己的鞭策，我的形象我做主，自身的形象要靠自己来塑造。相信，《新时代中小学教师职业行为十项准则》为我们建设政治素质过硬、业务能力精湛、育人水平高超的高素质教师队伍提供了依据，也为我们严格约束、规范自己的职业行为提供了准绳，让我们的从业行为更加有的放矢。

2019 年 9 月与窦桂梅校长合影

2020 年 7 月与赵德发老师合影

2018 年 8 月在日本参加中日书画音乐交流活动剪彩仪式

2018 年 8 月在日本参加中日书画音乐交流活动并讲话

第三部分 成长足迹

在成长的岁月里，我庆幸我遇到了他（她）们……

入党宣誓的那一天

“我志愿加入中国共产党，拥护党的纲领，遵守党的章程……为共产主义奋斗终身，随时准备为党和人民牺牲一切，永不叛党。”

那是 1996 年 9 月的一天，我 24 岁，参加工作的第六个年头。

随着一声声铿锵有力的誓言，我除了教师，又有了一个新的身份——中国共产党党员。

我是生在新中国、长在红旗下的新时代的中国人，身上打着时代烙印的我从小就对英雄人物顶礼膜拜，像黄继光、董存瑞、赵一曼，还有国际共产主义战士白求恩等，他们的事迹让我的童年充满了色彩，在我稚嫩的心中就有了一个朦胧的梦想，要成为像他们那样的人，要做个给别人带来幸福的人。后来我发现，他们都有一个共同的名字——共产党员。

我庆幸从小因为榜样的存在让我成为一个有信仰的人。随着年龄的增长，我以优异的成绩考入师范学校，成为一个充满憧憬的准老师。在学校，我努力学习专业知识，积极为同学服务，成为优秀的学生干部和团支部书记。在师范学校里，我第一次递交了入党申请书。

参加工作后，我更加努力地工作，投身我钟爱的教育事业。我的优势学科本来是语文，但学校刚好缺数学老师，在校长和我说明情况并用心疼和内疚的目光望着我时，我的心一下被触动了，这是一位资深教育工作者，她的目光里既无奈又惜才，还有歉疚和期待，更多的是对我这个刚刚入职的年轻人的呵护。面对让我敬重的老校长，我毫不犹豫地答应了，并立志要成为她那样的教育工作者。

在数学教学岗位上，我得到了许多优秀数学老师的指点和真传，再加上自己对教育工作的热爱，不久我就先后在区里、市里数学优质课比赛中获一等奖，同时我还被任命为学校大队辅导员和团支部书记。优秀的同事，奋进的团队，特别是在不同岗位做着贡献的党员老师，无时无刻不在鞭策着我，看着战斗在普通岗位的党员教师那不一样的精神状态和工作方式，我又一次递交了入党申请书。我是幸运的，我的申请很快得到了回应，校长亲自和我谈话，主任也毫无保留地指出我的不足，鼓励我超越自己。我庆幸在我如此年轻时就遇到了这样一群人，她们发自内心地帮助我成长，激励我进步，是党让我遇到了她们，这更坚定了我加入中国共产党的信念。

我终于有了另一个身份——中国共产党党员。那一天，我站在鲜红的党旗下，光荣地举起右拳，庄严地向党宣誓：我志愿加入中国共产党。

入党后，我努力践行自己的誓言，向身边的榜样学习，向模范党员学习，希望自己终将有一天成为她们那样的人。

如今我也走上领导岗位，成为一名副校长。蓦然回首，记得那一天我在党旗下庄严宣誓，我默默告诉自己热爱党的教育事业，热爱党的未来接班人，做一个内心美好丰盈的人，做一个给别人带来美好幸福的人。这是我看到的共产党员的模样，这是我希望成为的共产党员的样子。在和平年代，在平凡的岗位上，我一样能成为自己内心的英雄、孩子心中的英雄。

我的教育　我的梦

——《新教育》读后感

今天一口气读完了朱永新先生的《新教育》，合上书，我好像看到了刚刚走出校门踌躇满志奔向另一个校门的年轻时的我，怀着满腔的热情，一心想在教育这片热土上，为一群天真无邪的孩子指点迷津，为他们成长的路途点亮明灯。我甚至想到当我已到迟暮之年，远方奔来我业已长大、已成熟、已在祖国的四面八方演绎自己精彩人生的学生，他们依然如小时候，向我诉说着他们的喜怒哀乐，我依然是他们的导师，微笑着，倾听着……幸福地感受着从他们身上折射出的我的人生的意义。这就是我的教育生活、我理想的教育生活，在我脑海中出现过无数次的画面。

不知从什么时候，这个梦远离了我。进入校门就一个字——忙。忙着备课，忙着批作业，忙着上课，忙着做计划、写笔记、搞活动，应对一个又一个检查。我好像恰恰忽略了我最应该关注的对象——学生，他们成了我工作的载体，一个个鲜活的生命好像是一个工具。上帝造人时，本来就不是一个模子，我们老师就非要和上帝较劲，让学生在我们的指挥棒下整齐划一。我忽视了这些灵动的生命，忽略了教育的本真。

看完《新教育》，我好像觉得朱先生和老师们做了一个同样的梦，只是他的梦想是那样的具体，那样地可操作，那样地让我们感到它的真实存在。是啊，这不是一个梦！

我又看到了那个满怀理想的少年，见到了那个满腔热血的梦——关注学生的生命，关注学生的生活，关注一切与教育有关的人和事。

朱永新先生之所以能写出我们只是想想而已的理想，源于他的博学。整本书我是一口气看完的，不仅被朱先生的教育理念所深深吸引，更为文中优美的语言所打动。朱先生的博学也体现在语言上，美丽、贴切，不仅讲明了道理，更打动人心。所以说朱先生倡导读、写理念，他是身体力行的，他本人也是受益者。既然我们与朱先生做的是同一个梦，那么就让我们这群梦想相同的人去做实践者，在每个不被辜负的日子里起舞，舞出我们共同的教育理想、教育梦！

今夜无眠

——2012年远程研修有感

当敲击键盘打下这个题目时，我知道今晚又会是一个不眠之夜。六天的远程研修即将结束，这样的夜晚，不会再有。

很荣幸，今年我是作为指导教师参加远程研修的。去年作为学员时，在一天的忙乱之后，渐渐地了解了研修的程序，学习起来也得心应手，还得了市里的最高奖励分，这让我无比自豪。

作为教导主任，今年意外地成了指导教师，还有幸与市教研室的李军主任，身为齐鲁名师、省教学能手的另外两位校长共同担任，这令我诚惶诚恐。荣誉的背后是我艰辛的付出，我对指导教师的职责一点都不了解，我要从头学起，由于研修身份的改变，使用的平台界面也改头换面，我得一点一点地摸索。为了在批作业时能更轻松自如地驾驭，我每天除了用心地听课学习外，其余时间便是见缝插针地了解平台，熟悉业务。两天下来，我觉得我的语言都快枯竭了，中肯简洁妙趣横生的语言，似乎到了“高原期”，眼睛红了，身体僵了，儿子也在电视、电脑中撒了欢。可是望着经我推荐的作业受到省专家的垂青，那些作业盖上刻有我名字的大会印章时，我又有种由衷的成就感，我的付出是值得的。最让我惴惴不安的还是如何做“学习园地”简报，我从没有自己制作过，要做到画面精美、文笔流畅、主题鲜明、图文并茂，应该需要高深的技术。而我学的不是信息技术专业，要如何能独立完成如此重大的任务呢？在担心之余，我及时请教老师。给开发区的高老师发去信息，表明我的担心，高老师给我发过来一些上传技术的要点，并建议我找信息技术老师帮助。于是在晚上九点，我用电话呼来了信息老师，我一边在QQ上咨询，一边制作，那是第一个不眠之夜，没想到不到11点钟时我竟茅塞顿开，基本掌握了要领，并在第二天成功完成“学习园地”第三期简报。

这是我制作的第一期“学习园地”简报，画面清新淡雅，像雨后百合。以下是老师们的评价。

日照市新营小学邵丽 2012/7/10 14：33：00IP：119．184．＊．＊

删除回复

本期简报，像雨后的春笋，清新亮丽，美丽的小花点缀版面，真舒服。内容更是期期更新，亲切感人。

指导教师万玉玲于 2012/7/10 21：32：00 回复 IP：218．56．＊．＊删除

感谢邵老师，你的鼓励给了我更多的信心，我会再接再厉的。

日照市外国语学校栾庆伟 2012/7/10 15：55：00IP：61．156．＊．＊

删除回复

图文并茂，鲜花绿树，美文篇篇，看了既养眼又充实大脑呀，谢谢指导老师的付出。辛苦了！

日照市实验小学宋时居 2012/7/10 16：16：00IP：119．184．＊．＊

删除回复

本期简报，清新、内容丰富，需要认真学习。

日照经济开发区第五小学庄荣华 2012/7/10 21：06：00IP：182．37．＊．＊

删除回复

简报精彩纷呈，内容丰富，凝聚了专家的汗水和心血，是我们学习知识的高地，思想的盛宴。

日照经济开发区银川路小学陈蓉 2012/7/11 8：14：00IP：119．184．＊．＊

删除回复

谢谢指导教师们辛勤的劳动。简报做得很好，图文并茂。

日照市实验小学陈艳 2012/7/10 22：15：00IP：221．204．＊．＊

删除回复

简报制作精美、内容丰富，细细品读，有感动、有羡慕、有崇拜，受益匪浅！

就这样我接受了挑战，并最终成功超越了自己。

今天又该我出“学习园地”简报了，我定下本期的主题，并为此写下了一首诗。好久都没有这样“多产”了，好久都没有这么动脑筋了，真的就是一场思想的盛宴，让我迸发出无穷的火花，“高原”过去不就是绿洲了吗?!我收获的又何止是合格的指导教师的称号，我又为自己重新定了位，原来我还可以写，原来我还可以学习、可以思考，原来我可以做的有那么多。

今夜无眠，我无悔。

今夜无眠，我又超越了自己。

为有源头活水来

——听吴正宪老师报告有感

2018 年 8 月 6 日，在日照师范学校聆听了北京教科院吴正宪老师做的《做高素质的数学教师》的报告。吴老师用幽默风趣的语言，深入浅出地娓娓道来，让我们感受到了数学老师要做到四个方面：教出数学味道、教出数学品位、教出数学精神、教出人文精神。

虽然仅仅是四个方面，可吴老师呈现给我们的内涵确是深刻而厚重的。短短的两个多小时，让我们在数学的天地中如沐春风，领略了一位资深数学教师的水平和品位。传授知识、启迪智慧、完善人格，扪心自问，这些我做到了多少？能完成两项的就是好老师，完成三项的可以称为教育家，而我只是个教书匠。

好在为时不晚，愿时时迸射出的火花照亮我前行的路。

火花一：看似不经意的语言其实是斟酌良久的。“吨也是重量单位，这个大家庭中又多了一个新朋友。”就这样一句简单的话其实蕴含着深刻的道理，它给了学生一个知识体系、一个数学的网络。数学知识是连贯的，不是孤立、单一的。

火花二：重视生活的真实性，用实验做支撑，不要得出伪科学的结论。面对实验的失败，要让学生正确理解失败的意义是更加接近成功！让学生在失败的例子中理解探究，锻炼孩子的心理承受力，培养学生的抗挫能力。

火花三：数学要有人文精神。何止是数学啊，任何学科都是这样。智慧型的老师是懂得教育孩子可持续发展的，保护好孩子的自尊心是教育的基础。

火花四：数学味道、语文味道，各学科有各学科的味道。浓浓的数学味，还数学本来面目。

火花五：德育应渗透在教育的每一个瞬间，这永远是第一位的。数学可以培养学生的合作意识、阳光心态、实事求是的精神。

火花六：随着时代的发展，对计算的要求已经转移了重心，这是老师应当重视的。

火花七：《猴王分桃子》的故事，让我懂得要为专家的每一句话找到注脚。

火花八：老师们要思考的是，自己要用何种理念去学数学。

吴正宪老师儒雅、谦逊、语调优美、语言丰富、声音恰到好处，整个报告透着智慧，既有厚重的专业知识，又有深厚的文化功底，是多年来的积淀。

忽如一夜春风来

——2020年学校基层党务工作培训班学习体会

2020年8月，有着八年副校长经历的我，在今年的干部调整中被提拔为党总支副书记，深感组织的肯定与信任，但也有一丝丝的忐忑。作为一线业务出身的教师骨干，是党建工作战线的一名新兵，如何把党建工作抓出实效，是我亟须学习提高的。正在我急切地寻找学习路径的时候，日照市2020年学校基层党务工作培训班举办，真的是一场及时雨，解了我的燃眉之急。感谢市教育局领导脚踏实地的举措，不仅为我们提供了学习的平台，急一线干部之所急，而且也为一名教育干部的成长提供了优良的养料。回顾5天的培训，我感觉受益良多。

9月26日，在市委党校11楼的会议室，培训班在我们的期待中正式开班。会上我们迎来了杨留星部长，杨部长在参加完两个重要的会议后亲自到场讲话，为我们的培训班提升了层次。杨部长从本次培训班的重要性谈起，结合教育领域的党建引领，高瞻远瞩，为我们上了生动的一课。市教育局申淑清局长主持开班仪式，一如平日，干练睿智，主持讲话言简意赅，内涵丰富，主旨深刻，短短数语，却令人回味无穷。

开班第一课是从我们熟悉的岳庆刚院长开始的，岳院长的报告听过多次，每一次都如沐春风，真是“读你千遍不厌倦”。这次岳院长讲述了《习近平新时代中国特色社会主义思想》，从为民族谋复兴、为人民谋幸福、为世界谋太平三个层面娓娓道来，让我们更加深刻地理解了习总书记的“我将无我，不负人民”的钢铁意志与侠骨柔情，这也是我们共产党人应该具有的人生观、价值观和一生追求的崇高境界。

日照职业技术学院创意设计学院张永宾书记为我们做了题为《如何加强基层党组织建设》的报告，对我们这些党建工作的新兵来说，真是雪中送炭。张书记从为什么要加强学校的基层党组织建设和怎样开展学校的基层党组织建设工作两个方面进行了详细论述，既有理论高度，又有鲜活事例，让我们切实明确了基层党建工作的重要意义与方向抓手。

曲阜师范大学马克思主义学院李增安院长带来了题为《旗帜鲜明讲政治 守土有责重担当》的报告，让人印象深刻。李院长重点讲述了“习近平新时代意识形态思想重要论述”，意识形态方面的讲座我在此前接触得不多，而李院长深入浅出的论述为我们拓展了新视野，让我们进一步明确了意识形态工作的极端重要性，以及当前意识形态领域的激烈斗争和如何做好新时代意识形态工作，进一步提高了政治鉴别力和政治站位，进一步认识到自己作为一名党务工作者的使命与担当。

9 月 29 日下午，我们参观了日照职业技术学院的党建基地和日照市公安局的党建文化展馆，这堪称本次培训的创新之点。“纸上得来终觉浅，绝知此事要躬行”，让理论与实际相融合，每一点的收获，都在工作中找到了注脚。日照职业技术学院的党建工作扎实而富有内涵，渗透在教师们的日常工作中，党员领航，党旗飘扬，在文化创意学院的每一间办公室里，都闪耀着党的光芒。市公安局的党建文化展馆，党史教育与廉政教育布置了整整一层楼，是优秀的党员教育基地，在工作人员生动严谨的解说中，我们的灵魂又一次受到洗礼。参观完后市委党校党史党建教研室尚华教授为我们做题为《支部工作条例解读》的报告，市委党校党史党建教研室李业翠主任做的题为《坚持党的领导，加强党的建设》，市纪委监委李乃龙委员做的题为《加强党风廉政建设 深入推进全面从严治党》的报告，也让我们受益匪浅。

9 月 30 日，在意犹未尽中我们迎来了结业典礼，正如秦主任在总结发言中说：“5 天的学习，内容丰富，形式多样，有讲座报告，有参观学习，有案例分析，有分组讨论……”是啊，每一天都有精心的安排！在我们最需要的时候，你来了！

汪国真说：“让我怎样感谢你，当我走向你的时候，我原想收获一缕春风，你却给了我整个春天。”2020 年学校基层党务工作培训班，在市教育局各位领导独具匠心的设计下，让我们有了整个春天的收获，从总书记的家国情怀到新时代意识形态工作的重要意义，从基层党组织建设到现场教学的耳濡目染，忽如一夜春风，让我们在党建的百花园里拔节、成长！

我的良师 我的益友

——读《山东教育》有感

关注《山东教育》是一个很偶然的机会，当时我在教育局老师的带领下，进行了一个数学课题的研究工作，参与课题实验的都是我身边普通的一线教师，课题研究也进行得平常、踏实，没有很大的声势。可就在课题进行了两年的时候，一些老师的论文、案例竟然在省级教学刊物《山东教育》上发表了，惊讶的同时，也让我由衷地感到原来《山东教育》是我们普通老师的舞台，并不只是专家、学者的阵地。不久我校又迎来了泰安市宁阳实验小学的专访，原来他们是看到我们在《山东教育》上发表的关于数学课题实验的论文，非常感兴趣，便慕名而来。由此，我又真切地感受到《山东教育》有着深远的影响力。

我开始关注《山东教育》，关注里面的每一个栏目、每一篇文章。我在学校是中层干部，负责教学工作，其中《管理和评估》栏目给了我有力的指导，让我的管理工作有的放矢。《新世纪论坛》让我领略了教育中各种不同的声音，使我从各个层面、各个角度理解工作中出现的各种不同的现象。如《校长，教师为何不领你的情》一文，让我明白学校管理既是一门科学，也是一门艺术，只有不断学习才能达到理想的效果。还有质朴真实的教育案例——《教育创新百例》，都是来自一线教师朴实无华的工作经验，虽略显稚嫩，但非常真实，与我们是那么贴近，好像就是自己昨天才经历过一样。《数学教学研究》是我钟爱的专栏，有很多内容是我做到却没有总结出来的。如《学号之中学数学》，让我想到我在教学中也常用身边学生熟知的事物做素材，使学生有较高的兴趣参与，取得了积极的教学效果，但我却没有及时总结。有些文章让我豁然开朗，不得不佩服作者的独具匠心。如《“主题图”给教学添“彩”》，让我对教材中主题图的认识更加明确，对其作用更加明了。还有《教师文苑》，它又勾起我写作的欲望。由于所教学科的关系，当过文学社社长的我已经很多年不写文章了，看过《从生活走向生活》《爱如烟花，只开一瞬》，我又重温了曾经的文学梦。虽然我不可能成为作家文豪，但吾手写吾心，我可以写写自己的教育生活，写写自己的所思所想，就像现在一样写写自己对《山东教育》的感受。

《山东教育》，我的良师益友，伴我更坚实地成长，让我的教育之路变得更加绚丽多彩。

向着明亮那方

——2011年听新教育报告有感

3月5日，在市教育局教科室的组织下，义务教育的中小学部分教师相聚一起，聆听教育专家的讲座，恭闻教育最前沿的声音。

我以为还与以前很多次讲座一样，听时心潮澎湃，路上忘了一半，回家扔了大半，等到上班，就彻底冷却了，多少次都是重复着昨天的故事。

这次好像不一样，上午全国新教育研究院院长卢志文做了题为《新教育实验区域推进》的报告，从理论层面高屋建瓴地诠释了新教育的必然性和重要性，使我进一步明白了新教育的核心理念“帮助老师过一种幸福完整的教育生活”的内涵，所谓新挑战、新趋势、新教育就是要教育终身化、社会学习化、人才多元化、发展个性化、时空全球化，这是时代发展的必然，是对新教育的一种呼唤。赫尔曼·黑塞说过：“人类唯一的义务就是得到幸福，人类是为幸福来到这个世界的。”多少年来，我们忽视了这种本真的理想，我们漠视了学生的需求，也忘记了自己的声音。新教育让我们将教育的本真还原！

下午淄博市临淄区杨校长与我们分享了题为《营造书香校园 塑造孩子幸福人生》的报告，其中他分享了自己写给女儿的信，让我们感受颇多。让我看到了一个教育工作者在对自己亲人的教育上的理念，他让父亲的形象不仅在女儿眼中像山、像海、像迷雾中的灯塔、像温暖的大手，也让我们这些同样战斗在教育战线的同行感觉那么真实、那么高大！

自从我接触了新教育就经常听到常丽华这个名字，但她对我还是熟悉的陌生人。对于业界对她的推崇，我一直是怀疑的，教育战线的尖兵对我这个老兵来说见得多了，都是借着某一理念的春风，搭建起一个榜样的平台。可当常老师一开口，我就被她美丽的声音打动了，动听而有磁性，是一种让人喜欢、真挚悦耳的声音。《坚守自己的教室》的讲座，让我看到了一位一线教师在自己的工作岗位上幸福、快乐、真实的生活。幸福着你的幸福，快乐着你的快乐，开心着你的开心，美丽着你的美丽，原来在这样平凡的教室里可以发生这么多不平凡的事，这源于寂寞的坚守，源于执着的信念，源于人格的伟大，其实我觉得常老师不需要这么多的赞美，不需要这么多人为她唱赞歌，她只是在过一种自己的生活，自信为完整的生活，在这份工作中，在这个岗位上，她在成就孩子们的同时也塑造了自己，完整了自己的教育生活。常老师是真实的、让人敬佩的，尽管她不需要，可我还是忍不住表达我的钦佩之情。我流泪了，为了常老师的孩子们，为了她做到而我们没做到的。

“过一种完整幸福的教育生活”不是梦，朱永新先生的教育理想可以实现了。

以后的日子，我也会向着明亮那方，起航……

你们不一样，你们都很棒

——山东省小学数学教学能手评选观摩有感

2011 年 10 月 22 日，我们一行四人来到滨州参加山东省小学数学教学能手评选的观摩活动。本次参加评选的选手共有 39 人。选手分为高、低两个学段进行授课，并且采取了同课异构的形式，让我们在赞叹中看到了更多的精彩。

让我感触较深的有《分数的初步认识》《平均分》《图形的周长》《圆的周长》几个课题。其中，《图形的周长》这一课共有四位老师来上，每一位老师都为我们呈现了不同的设计思路。

其中，尤梅老师从三只小蚂蚁沿着树叶边跑一周，谁最先到达这一比赛引入课题，紧紧抓住了学生的心，使学生从直观上感知了什么是物体的周长，生动形象。接着从学生熟知的图形入手描出周长，再过渡到学生身边的事物，这样由具体到抽象再到具体，让学生深刻地理解了图形周长的意义。然后又从采取伸伸手摘到苹果的理念，设计了由浅入深的练习题，结合学生熟悉的事物，寓教于乐，巩固新知。本节课自然流畅，老师语言到位，亲和力强，潜移默化中学生的学科素养得到了提升。

而菏泽的马艳丽老师的引入则直奔主题——出示了花坛，抛出如何求花坛的面积这一问题，引发学生思考。为解决生活中的问题而学数学，符合知识为生活服务的思想，学生带着解决生活中的问题而去学习，更加有的放矢。这节课始终围绕这个主题展开，在老师的引导下层层递进，有效地挖掘了学生的潜能，建立了周长的概念，同时关注了学生的全员参与。

同课异构，精彩纷呈！

其实让我们受益的何止是一节课，本次活动更让我们明白了数学的真谛：大道至简，殊途同归！

我不禁由衷地感叹：你们不一样，你们都很棒！

人杰地灵日照城

——读《日照历史文化读本——人物篇》有感

日照是我的第二故乡，我对它的历史渊源知之甚少。

而今天我读了一本学生读物《日照历史文化读本·人物篇》，让我对日照这座美丽的城市有了更深的了解，它不仅美在街市，还有更深的文化底蕴，美在人文，可谓人杰地灵。

姜子牙，是我小时候就听过的历史人物，对“姜太公钓鱼——愿者上钩”这一典故可谓耳熟能详，知道他文韬武略，辅佐周武王灭了商纣，建立了周朝，但我不知他还是日照人呢！读本开篇介绍了《武圣姜太公》，从他的生平到他辅佐两代皇帝坐稳江山的事迹，使我对姜尚的历史更加明了，也为有这样一位老乡而自豪。

我们都背过《三字经》，对“昔仲尼，师项橐”脱口而出，但很少有人知道项橐是哪里人。其实项橐也是日照人，书中不仅介绍了项橐其人，还用浅显的语言介绍了他三难孔子的故事，看过不禁在脑海中浮现出其机智、灵活、阳光的少年形象。

书中还介绍了《文心雕龙》的作者刘勰、“点将起义”的吕母、明代状元焦竑、诺贝尔奖获得者丁肇中等九位人物。读后不仅让我对这九位名人的事迹有了更详细的了解，也被他们善于学习、正直的品格打动，更为他们和我一样同为日照人而骄傲。

物华天宝、人杰地灵，我为生活在这座城市而荣耀。

名人雅士、人才辈出，我为同是日照人而自豪。

我的读书生活

小时候，我就很喜欢读书，因为身体原因，我不大出门玩，而是常常躲在房间里在书的世界里畅游。

我的感情比较丰富，看小说必落泪，在自己房间里我会准备一个手帕或一叠纸巾，读到感人之处，凭眼泪任意流淌，无所顾忌，更有甚时，读到感人肺腑之处，我会失声痛哭，与主人公同呼吸、共命运。

长大后，过年去做发型，为了打发漫长的等候时间，我会带上一本书。在公共场所，我不好意思挥泪，总是强忍着。有一次看到感人之处，我的眼泪就“不争气”地掉了下来，我急忙去抹，不小心被理发师傅看见，他好奇地看看我，又看看书说：“大姐，不至于吧。”我连忙调侃道：“感情太丰富，感情太丰富。”临走时钱都没好意思让他找零就夺门而出。之后再理发我就不敢带煽情的书了。

“书中自有黄金屋”，这是我从教若干年后体会到的，小时候我读《中学生》《辽宁青年》等，上面总有一些关于学习方法的介绍，如《如何正确使用大脑》《人的遗忘曲线》《什么时间记忆效果好》等，每次看到我都用小本子记下来并亲身实践，得到的益处在毕业后才慢慢体会到。后来与侄女交流学习方法，对我所提的方法，已是高中生的她竟然全然不知，难怪她的学习成绩始终不好，我更感慨 90 后的孩子对书的感情远远不如我们，他们被电脑、手机左右了生活，也难以学到我那时学到的知识，更体会不到让我受益终身的方法。

我的学生时代，假期几乎是在书中度过的，《简爱》《安娜·卡列尼娜》《鲁滨逊漂流记》《童年》《飘》等世界名著让我爱不释手，每一本书都为我打开了一个全新的世界，也为我现在还能动动笔打下了坚实的基础。记得上师范时琼瑶小说风靡校园，我发誓放假要读完她所有的书。暑假里我办了一张借书卡，把能借的都借来读了，《窗外》《庭院深深》《人在天涯》《秋歌》《碧云天》……得四五十本。过完书瘾，觉得这些小说除了语言优美、情节跌宕起伏，故事多有雷同，于是还提笔写了一篇短文《琼瑶小说之我见》，现在已不知跑哪儿去了。

不过，现在读书倒成了一件很奢侈的事，我感到汗颜，由此更加留恋学生时代的读书生活。

我的梦

昨天我做了一个梦
星星点燃了所有的蜡烛
从此，人们不再孤独

昨天我做了一个梦
太阳晒干了所有的眼泪
从此，世上没有了悲痛

昨天我做了一个梦
春风吹绿了所有山岭
从此，再也没有了寒冷

昨天我做了一个梦
小鸟鸣遍了每一个心灵
从此，世界充满了和平

昨天我做了一个梦
孩子们伸出稚嫩的双手
在知识的海洋里尽情地遨游

这是我毕业第5年时写的一首诗，发表在1995年的《山东少年报》上，这是我作为老师的心声，也是对这个岗位热爱的写照。20年过去了，我初心未改。

校园春景

粉黛枝头春意忙，
柳拂轻漾小池塘。
莺啼相伴书声朗，
金海烟波育栋梁。

第四部分 教子之方

朱永新教授说：家庭教育才是我们整个教育链中基础的基础、关键的关键。作为一名老师，做好教育工作要从教育好自己的孩子开始。这是我在儿子两个不同学习阶段写下的信件和日记，也是我对教育理念的思考和实践。

儿子，我想对你说

——写给小学时代的儿子

儿子，我想对你说，你非常优秀，妈妈为你感到骄傲。

你是个孝顺的孩子，当妈妈不小心碰到手发出“哎哟”声时，你第一个跑到我跟前，急切地问我怎么了；当爸爸不舒服时，你总倒上一杯水，拿来体温计；姥爷在医院住院时，你为姥爷捶腿、揉肩。人说女儿是妈妈的小棉袄，可我觉得你就是妈妈的小棉袄。我喜欢牵着你的手，徜徉在人生的四季里……

你还是个善良的孩子，是天性善良的孩子，你喜欢保护弱者，你会被全全弟弟追着到处跑却不敢还手，你和班里年龄小的同学都相处得很好，每次遇到行乞者你都想送钱给他们，你还为死了的金鱼、兔子难过……

可是，儿子，妈妈想告诉你，仅有这些是不够的，妈妈希望你拥有更多优秀的品质。

要想爱别人，首先爱自己，只有把自己武装得强大有力，你才有能力去爱别人。妈妈希望你坚强勇敢，遇到困难有足够的心智去处理。希望你有开朗乐观的性格，每天生活在自己创造的快乐中。希望你有足够的智慧，因为以后需要面对的事情太多，妈妈不可能每一样都教你。

妈妈希望你用自己的智慧，让自己的一生平安幸福。

妈妈的碎碎念

——记儿子的初一生活

2013年3月20日　周三

一道数学题无解，儿子很真实地把它空着，签字时我问他为什么不做，儿子很坦率地说："我怎么想也没想出来角3是多少。"

看到儿子对学习实事求是的态度，我感到非常欣慰。当我说出此题就是无解时，儿子兴奋地告诉我，他用了半节课的时间想了种种办法，居然比我这个数学老师考虑得还周全。

我很开心，为儿子诚实的治学态度，为儿子的聪颖智慧，更为儿子不受他人左右的自主精神。

儿子长大了。

2013年3月21日　周四

今天的数学课上儿子有精彩表现。

一道有难度的探究题，在一名同学答错的基础上，儿子快速正确地做出了反应，赢得了老师的欣赏、同学的佩服。而且他用了一种简单便捷的方法，让我不禁发出一阵感叹，更多的是骄傲和自豪。

2013年4月6日　周六

面对最难背诵的政治提纲，儿子提出与我一块背诵。我拿出上学时总结的学习方法——联想记忆法，在记忆力高度集中的状态下将所有题目转化成生活中一件件熟悉的事物，结果在一个多小时的时间里，我们记住了两个月的学习内容，帮助儿子攻克了心里的一道难关。我很感慨，只要能集中注意力，提高效率，儿子的学习完全可以变得很轻松。我找到了问题的症结，也体会到了儿子的成就感，更庆幸他在初一的下学期便找到了合适的方法。我仿佛看到了儿子初中几年轻松快乐地生活，高效丰富地学习，这才是一个少年该有的样子。

下一步儿子该锻炼出强健的体魄：游泳、打篮球。

拥有一项特长丰富自己的生活：手风琴。

发展一项自己的爱好，也可以为以后的生活奠定基础：科技。

巩固现在的学业，让自己学得更轻松：英语。

让自己的学习生活更快乐：写作。

多么美好的生活，多么靓丽的青春！

愿儿子的初中生活美好而靓丽！

2013 年 4 月 7 日　周日

儿子上初中后一直在学校食堂吃饭。

今天与儿子聊起他的午饭，感到他很享受，享受着食堂饭菜的美味，享受着每天排队打饭的过程，享受着与同学一道吃饭的乐趣。我由衷地感到欣慰，这正是我所希望看到的儿子的模样，这正是我所期盼的儿子的学校生活——享受生活的每一个环节，适应生命的每一种变化，乐观自如地应对将来的种种未知，就从学校的午饭开始，锻炼独立的性格，养成乐观的精神。

对儿子未来的生活我有了一种放心的感觉，我知道他有较强的适应能力，对于各种困难有应对的办法，能让自己轻松自如地应对未来。我还有什么企盼呢？乐观、快乐，享受生命，让自己美好地生活，做自信、健康的男子汉。这不就是我所希望的吗?!

很开心儿子能享受他的午餐。

2013 年 5 月 27 日　周一

凌晨时儿子呕吐，六点多又吐了一次，然后开始沉沉地睡去。我没忍心去叫他，于是分别给我们俩请了假，直到九点多儿子才醒，我劝他去医院看看。因为第三节是生物，儿子怕落下他心爱的课程，执意不肯去医院，我尊重了他的意见，打车送他去上学，回到单位我感慨：

兴趣是最大的动力！

要想学得好必须感兴趣，这对上学阶段的儿子来说是法宝。

中午儿子坐公交车自己回来吃的饭，晚上单位有事我回来较晚，儿子自己做了爱吃的方便面，我回家时正津津有味地吃着。儿子做事挺靠谱，比较有计划性，这对他以后的生活是具有重要意义的，计划性、条理性是一个人成功的基础，特别是男士！

现在儿子在很多方面越来越像个男子汉了，尽管今天不舒服，还是按部就班地休息、吃饭、上学，能坚持则坚持，需要少吃则少吃，挺有主见，我挺高兴。

中午没写作业，他的作业今晚不知要写到几点了。

2013年5月28日　周二

今天儿子主动提出来，让我出去散散步，锻炼下身体，不用陪他学习。儿子的话让我很是感动。

儿子是个有爱心的孩子，对父母的感情我是能体会到的。可我很纠结，我不知是该继续帮他培养好习惯，还是就此放手，让他自由发展。

初一是个比较关键的时期，我想帮孩子养成一个好习惯，但我知道迟早要放手，迟早要让孩子自主去学习，我不知道现在是不是时候。总之，养成好的学习习惯是关键。目前提高效率就是重要的学习习惯。

看看第三次月考吧。

2013年5月29日　周三

今天单位忙回家较晚，儿子已经自己吃完饭坐在学习桌前写作业了。

时间见证了儿子的成长。我也在反思，以前每次回家，儿子第一件事就是打电话问我晚饭吃什么，我一直以为那是对我的依赖，今天早晨不经意地说了一句："今晚可以接着吃面条了。"就这样一句话，儿子就回家自己吃了饭，接着去学习。

也许我们需要给予孩子的只是那么一句指导性的话，他就可以做得很好，而平时我们却忽视了孩子的自主性，牵挂得太多，羁绊也就多，没有给他成长的机会。

儿子在长大，需要的是建设性的意见，希望我能用过来人的眼光，给他指导，给他建议，让他在人生的路上走得更稳。

2013 年 6 月 4 日　周二

这几天一直在想：儿子的成长是不是“成功”？之所以加引号，是我不知道该用一个什么样的词语来定义。他目前的状态是我预期的吗？他现在的成长能为以后的人生铺垫美好吗？以他现在的状况将会成为一个什么样的人？他会有怎样的人生？

我是学教育的，知道现在的教育与引导对他以后人生的重要意义。儿子长大成人，我希望他有责任心，有生活的智慧，对自己负责任，对家庭负责任，对社会负责任，用自己阳光的心智感染身边每一个人。

愿我的儿子就是那样的男子汉。

第五部分　烟火生活

就这样每一个平平淡淡的日子，好像增加了很多色彩，让我感受到了它的缤纷和独有的内涵。

好家风我传承

母亲是大户人家出来的人，大户家庭的传统在母亲身上有着深深的烙印。每逢过年过节，我家必定张灯结彩，举行隆重的仪式，一家人还要聚在一起吃顿富有年节特点的团圆饭。

每年过年，我家都要贴春联，挂灯笼，做各种美食，即使在那个缺衣少食的年代，母亲都没缺过我们过年的新衣服，有时买有时做，虽不值钱但总是新的。其他节日，母亲也过得风生水起。过端午节，母亲为我们每个孩子佩戴七彩线，采艾蒿，叠纸葫芦，还要把纸葫芦挂在艾蒿上，将艾蒿插在门前，风一吹，迎风摇曳，煞是好看。中秋节时，各种瓜果、花生瓜子，摆在桌上，月饼是必不可少的，伴上一桌赏月的团圆饭，一家人其乐融融。清明节去扫墓，冬至里吃饺子，腊八节里喝粥，也都是每年必做的。就这样每一个平平淡淡的日子，都好像增添了很多色彩，让我感受到了它的缤纷和独有的内涵，纵使小时候的岁月艰难如斯，母亲的节日仪式也让我们感到岁月的热气腾腾。后来父母渐老，我们长大，每年的重阳节、母亲节、父亲节，在我们家都是大日子，都是我们格外要记住的，每到这时我都会早早备好礼物，携夫挈子，去父母家为他们过节。父母也总是高兴地为我们张罗一桌饭菜，闲话着家常，脸上洋溢着幸福与满足。

这些看似平常的习俗，让我们的日子丰盈着，这些一代代传承的家风，让我们在潜移默化中体味到生活的真善美。

外婆打我记事时就一直躺在床上，随着年龄的增长，我知道外婆是病了——半身瘫痪，每天需要人伺候，她住在大舅家里。母亲每天要上班，只有周末休息，那时的周末只休周日一天，这一天母亲雷打不动地去看望外婆，那时我和哥哥还小，必须带在身边，所以每次我都能伴在母亲的身旁。现在我还记得母亲到大舅家的第一件事就是先暖暖手，然后去看外婆，接着就是为外婆洗头、擦身、剪指甲、洗衣服，收拾完这些，一上午就过去了，下午就陪着外婆说话，对于瘫痪十几年的老人，外婆眼中闪烁的是满足和幸福。

多年后，母亲因病离我们而去。母亲走后，父亲在一次意外中伤了大腿和神经，从重症监护室出来后只能卧床，生活需要人照顾。没有谁的说教，我们兄妹几家自觉地轮流排班去医院照顾父亲。轮到我家时，我总是早起做好饭，由老公送去医院，喂父亲吃饭，我去学校上课，然后中午回家做午饭，带着儿子一块去医院吃。下午时间我陪着父亲在医院，活动四肢，打扫卫生。晚上我们则带着儿子打地铺睡在父亲的病床前，半夜为父亲倒尿袋时，儿子总是陪在我左右，不知疲倦，那时他 10 岁。

后来父亲安详平和地走了，日夜陪伴在父亲病床前的日子让我们心安又怀念。不知不觉中儿子也渐渐长大，每当我有个头疼脑热，儿子总是很贴心地为我倒水找药，嘘寒问暖，每到这时总惹得周围同事羡慕不已，向我讨要教育秘籍。其实我真的没有特意去教他，只是我在践行着家风传承的时候，孩子一直在身边，在我没注意的时候，他都看到了、学到了，或许这就是家风的力量吧。

孩子的世界是简单的，他们的行为和价值取向最容易受到家长和家庭的影响，每一个家庭的家风家教都在潜移默化中代代相传。人格塑造家风，家风孕育人格，树立良好家风，使家庭充满生活的情趣，充盈温馨氛围，让孩子在传承中播撒下德行的种子，是我们的责任和使命。好的家风，给予孩子正确的价值涵养，形成一个家庭特有的风范和宝贵的精神财富。

“家是最小国，国是千万家。”家庭始终是国家和社会的基本组成元素，只有家风建设好了，社会才会更加和谐，国家才会更加稳定。

“她”改变了我的生活

我出生于20世纪70年代，是生在新中国、长在红旗下的一代人。半个世纪的岁月，我亲身经历了从缺衣少食到富足美好生活的飞跃，见证了我们伟大祖国的沧桑巨变和富强之路。

1978年，我上小学一年级。喜欢上学的我对校园生活充满憧憬，而冬天却是个例外。当时的教室设备简陋，冬季取暖全靠一个煤炭炉，微弱的热量根本抵不住从窗缝肆虐而入的寒风，怕冷的我常常在教室里被冻哭，于是心软的班主任把被冻哭的我带到办公室烤火，其实老师办公室也就一个取暖炉，比教室也暖和不了多少。冬天的学校对我来说是莫大的煎熬，让我满是畏惧。现在的我再也不用担心冬天的寒风，教室和办公室里有空调和暖气，室内温暖如春，孩子们都能在温暖的环境中安心学习。

家里我排行最小，一个姐姐大我6岁。我小时候几乎没穿过新衣服，都是穿姐姐剩下的，所以我的衣服都很肥大，穿在身上很不合体，但也在无奈中渐渐习惯。9岁过年时，妈妈终于给我买了一件绣花上衣，第一次穿既漂亮合体又属于我自己的衣服，兴奋得好几晚睡不着觉，还特意去照了张相，照片我现在还保留着，一脸的得意。想想儿子从小到大的衣服有一橱子了，穿得已经不是数量，而是质量，讲究的是舒服、健康，挑剔的是哪个品牌的衣服更放心。我自己的衣服也是在众多商店里千挑万选，从颜色、面料到款式、质量，还要符合我的教师身份。想想无限感慨。

其实当时我们家生活条件算是好的，爸妈是双职工，前后院的邻居多数是单职工，收入少，孩子又多，发的工资月头吃不到月尾。前院的李大爷，每月都到我们家借米、借面，每次来都说：“又揭不开锅了，孩子们饿着肚子呢。”而我还经常能吃到5分钱一根的冰棍，偶尔还能吃上麻花、油条、鸡蛋来改善一下生活。对现在的孩子来说这些就像一个古老的故事，对吃不饱饭更是难以理解。

小时候，我们的课余生活就是大街小巷地疯跑或者就是在一起做游戏。当时我们家有一件“大件”——戏匣子，就是收音机，是我的最爱，放学第一件事就是打开它，听杨敬休爷爷的“小喇叭”，片头音乐——“小喇叭开始广播了，嗒嘀嗒，嗒嘀嗒，嗒嘀嗒，嘀——嗒——”，我现在还记忆犹新，能脱口而出。《杨家将》《岳飞传》《隋唐演义》都是那时候听的。记得有个邻居家的哥哥，每到中午就举着饭碗在我们家门口徘徊，后来被我妈撞见请进家里，原来他们家没有收音机，他是来我们家“偷”听《岳飞传》的——《岳飞传》正好是午饭时播，后来他每天中午都来我们家吃饭听《岳飞传》。

我们的课外书是一种叫“画书”的小册子，每页都是一幅图，黑白的，下面配文字。有一次，姐姐去书店买了几本漂亮的彩色童书回来，我还记得其中一本叫《野葡萄》，里面的插图非常精美，我都爱不释手。结果晚上妈妈下班回来把姐姐揍了一顿，不是老妈不喜欢我们读书，相反，出身于书香门第的妈妈非常支持我们阅读，但是那几本书价格实在不菲，够我们一家人吃好几天的了，老妈是在心疼钱。

10 岁那年我家附近建了一座电影院，那可是件比过年还要热闹的大事，小朋友们奔走相告，开业那天我们早早地等候在门口，热切地排队入场去看能动能笑有声音的电影。看的第一场电影是《少林寺》，我一连看了三遍，台词都会背了，满脑子都是李连杰、白无瑕。当然，电影也不能天天看，几毛钱一张的电影票对父母一月几十元钱的工资来说也算不小的支出，我大哥画画画得好，他就把孙悟空的各种动作画在玻璃片上，用手电筒一张张地照，算是放映，我们前后院的小朋友都到我们家看这种免费的“动画片”。

大概是 1983 年，有一邻居家买了电视，黑白的，16 英寸，他们家成了前后院的“贵族”。每天晚饭后，邻居们齐聚他家看电视，几十口人挤在那个小电视前，看得无比认真。记得播《射雕英雄传》那阵，男女老少每天像上班一样，到点就等在那个小电视前，表情严肃，甚至带点小神圣，像是迎接一个重要客人的到来。

物质文化的匮乏渗透在我童年生活的角角落落。

1984 年，父母工作调动，我们全家搬到了山东省日照市。当时的日照还是个小渔村，没有商店，只有供销社，里面卖的是农具，想买点挂面、蛋糕都没有。1987 年，我考入日照师范，学校坐落在日照老城的南岭上，只有几排低矮的平房。我家到日照只有一趟公交车，从起点到终点共 40 分钟，下车后还得走半个小时。有一次下车时碰上大雾，徒步去学校的我怎么也分不清东西南北了，摸了两个小时，天都黑了才到学校。

2019 年 9 月 1 日新学期开学

斗转星移，不知不觉中时间的列车已驶入 2021 年，回想起小时候，衣，食，住，行，娱，对现在的我来说像是一个古老的故事，对孩子来说更像是一个遥远的传说。如今，不论是我个人的生活，还是整个国家，都发生了翻天覆地的变化。物质和文化生活极大丰富，人们不再忙于解决温饱问题，而是在追求高品质的生活。出行汽车代步，出差高铁飞机，出门导航定位，再也不怕迷路。“楼上楼下，电灯电话”都已成为历史，楼房里有电梯，电话也换成了智能手机。76 英寸的彩电都没人看了，想看的节目、电影都在电脑、手机上百度，想看什么搜什么。各种书得用书房来装，想看什么书网上都有……改变体现在生活的方方面面。

今年，恰逢中国共产党建党百年，作为新时代的中国人，有幸见证了祖国的巨变，也更期待着我们伟大的祖国在中国共产党的领导下更加繁荣富强！

（此文刊发在“学习强国”平台）

千里之外

——写在2011年父亲节

送你离开　千里之外　你无声黑白

一直想写点什么，祭奠去世的父亲，两年多了一直不敢动笔，不愿再开启尘封的记忆。内心深处，始终带泪，不敢触及。

一身琉璃白　透明着尘埃　你无瑕的爱

父亲是个沉默的人，很少夸奖我们，但也绝少批评我们。父亲在我童年的记忆里是模糊的，我只记得他会很晚回来，回来的时候饭盒里总会有香肠、刀鱼等好吃的，这时候妈妈总是温上一壶酒，炒上几碟小菜，让爸爸在灯光里就着我们的嬉闹吃晚饭，而我们则对着那盒好东西垂涎欲滴，不管生的熟的总要尝尝。后来知道父亲在铁路上班，在那个缺吃少穿的年代，父亲用他的辛勤和工作，让我们兄妹四人过着衣食无忧的生活。后来慢慢长大，我也逐渐爱上了学习，我忙着学习，父亲忙着工作，我们很少交流。直到出去上学回来后的假期，我开始打量父亲，才觉得父亲有些老了，可是脸上总挂着慈祥的笑。邻居有时来玩，会说：你一看到小闺女就高兴！父亲也不说什么，而是笑得更深了。那时我才感到父亲对我们的爱，不是语言是心底。也许是我从小就乖巧，从不惹他生气，也许是因为我最小，出生时正是他父爱达到极致的时候，所以我比哥哥、姐姐得到了更多的疼爱。

梦醒来　是谁在窗台　把结局打开
那薄如蝉翼的未来　经不起谁来拆

父亲在母亲去世后变了很多。母亲是大家庭出来的人，能干，懂得过日子，以前家里的一切都是母亲料理的，父亲很少过问。母亲走了以后，父亲忽然话多起来，常常在一大早给我们打电话，关心我们姊妹四人的生活，惦记孙辈们的吃喝。我们知道父亲是在替母亲履行责任，以排解他的孤独、寂寞和想念。我们四家也因此更经常地聚在父亲那里。父亲老了，在我们面前更像个脆弱的孩子，他总是特别服老，怀疑自己到处都不舒服，也总是将目光投向我。于是我也像父亲爱我一样，和老公带着父亲做各种检查，吃各样的药。

每次在父亲那里小聚，热闹总是我们的，父亲不愿进入其中，总是在酒足饭饱后，提前离席回到自己的卧室，我们知道父亲的寂寞我们终究是不能排除的，父亲需要一个人的陪伴。在母亲去世 3 年后，我们张罗为父亲找老伴，见过的人，衡量的条件，善良的父亲想得最多的还是我们这些儿女。他最惦记的还是我们。

父亲的爱是深厚而沉重的。

时间被安排　演一场意外　你悄然离开

2008 年的冬天格外的冷。

一切没有一点征兆。

十月一，我和姐姐回家为父亲包了饺子，煮了一部分，放入冰箱存了一部分，一周内父亲可随时煮他爱吃的饺子。吃罢收拾完毕，我们要走了，父亲说：这几天身体感觉挺舒服，精神头不错，想擦擦窗子。我们都很反对——快过年了，找家政一块就擦了，那么大年纪可千万不能爬上爬下。

不知是父亲不服老，还是不愿麻烦儿女，父亲还是爬上了窗台，突发了那场意外。

当我在第一时间内得到消息，赶往医院时，有一种被掏空的感觉。母亲的突然离世让我们悲怆不已，我们还没有从伤痛中走出来，我怕父亲再有什么闪失。万幸的是父亲的神智还很清楚，但腰和腿受了重创。在朋友的帮助下，父亲被安排进了最好的病房，找了我们所能找到的最好的医生做了手术，买了我们能买到的最好的药，给了父亲我们所能给的最好的照顾。

一百多个日日夜夜，我们排班日夜守护，做饭、送饭、喂饭，翻身、按摩、做运动，擦身、倒尿、抠大便；我们每天记录着父亲的饮食、用药，点点滴滴。当夜晚我带着儿子打地铺守护在父亲床前时，我感到生命轮回的神奇，小时候父亲也一定像我照顾他一样照顾着我们，而将来儿子也会继续这种传承。当我送饭时因打不到车在凛冽的风中踽踽前行，为了节省时间与别人抢出租车而跌倒在寒风中，我的内心是温暖的，我的内心是充实的，为了父亲，这一切都是值得的，哪怕吃再多的苦，我们也愿意。其实，这一百多天里，父亲是痛苦的，身上的病情对刚强的父亲来说是不能忍受的，而他看到儿女忙碌的身影，一定也是最不想目睹的，我那善良的父亲！当他意识到自己将站不起来时，躺在病床上的他采取了极端的行为——用一把水果刀向自己刺去。多亏发现得及时，没有给我们留下更多的伤痕。当我含泪站在父亲床前，一字一句地告诉父亲："不管你什么样，你在，我们有个完整的家，你不在，我们就没有家了，你不是为自己活，是在为我们活！不是你需要我们，而是我们需要你！"父亲哭了，浑浊的泪打湿了我们所有人的心。

我那躺在病床上还为儿女着想的父亲！

你说的花开　过去成空白
琴声何来　生死难猜　用一生去等待

终究我们还是没能战胜父亲心中的结，也是在没有任何征兆的情况下，父亲的病情恶化了。

快过年了，看到父亲病情稳定了，我们开始安排父亲回家的各项事宜。我们物色了家庭护理及雇工，并谈了价钱，在网上定制了特种床和轮椅，在家里安装了电热水器。就在我们忙着筹备时，父亲的病情忽然恶化，不得不又住进监护室。医生解释了病情发展的原因，可我心里清楚，父亲没有了求生的渴望，一辈子刚强的父亲，不愿成为别人的累赘，哪怕是儿女的！他在故意一天天地消耗着自己，我那让儿女伤痛的父亲！

父亲是在大年初四阵阵鞭炮声中撤掉的呼吸机。十几天里，父亲一直非常安详地躺在监护室，对我们的呼唤，没有一点反应。脸上的平静，让我感受到他内心的踏实，也许这就是一生不愿求人的他所期望的，尽管留给我们的是无限的伤痛。

其实，我们还是应该感谢父亲，给了我们一百多天的时间，让我们无怨无悔地尽了孝心，让我们在大悲大痛中体会亲人的力量，让我们面对几十万元的医药费，都争着掏自己的钱包，让我们更加紧密地团结在一起。

请家谱

我一直觉得自己是个没有“根”的人。

我是移民，父母也是移民。父亲年轻时从青岛闯关东去了黑龙江，母亲因为家里的成分不好也从老家临沂远走黑龙江。他们相识在那片黑土地，我也出生在那里。不过我还没来得及体会那里的风土人情，12 岁时就随着想落叶归根的父母来到了日照，一转眼已到不惑之年。所以当有人问我老家在哪儿时，我都很难回答。我不知道我到底是哪儿的人，也不知道我到底属于哪儿。

另外，我的这种感觉也来自我的家庭背景。我父亲是遗腹子，奶奶也在他两三岁时早早过世，父亲是独生子，从小和他的奶奶长大。我也就没见过爷爷、奶奶，也没有姑姑、叔叔、大爷等亲人。母亲倒是出生于大户人家，不过她是那个家庭中最小的，我也是家中最小的，同辈人都比我大很多。由于当年的地主身份，母亲的哥哥姐姐住得比较分散。两个舅舅留在了黑龙江，两个姨在临沂，大姨早早过世，二姨家常走动，他们家的哥哥姐姐开了自己的工厂，拥有自己的企业，可他们都是大我很多的哥哥，和我并没有多少共同语言。

因此，我一直觉得自己是个没有“根”的人，这种感觉在我读书放寒暑假时尤为明显。在我成长的岁月中，我一直想有个亲人家让我去小住，让我换一个环境，让我体会另一种亲人的爱。可我的这种愿望每每都是落空，每到寒暑假我都缠着妈妈问：“咱们家还有什么亲戚，我可以到哪个亲戚家玩玩?”得到的回答总是“没有”。我不知是不是因为这个原因，母亲给予了我们兄弟姐妹特别多的关爱，我也不知道是不是因为这个原因，我们兄妹四人特别团结，如今都已经进入不惑之年，依然相互关爱如初，每每让邻居们羡慕不已。

而今天我做了一件大事，回了老家去“请家谱”。父亲的老家在青岛南万，父亲虽然是独生子，但是他的叔叔大爷却很多，因为父亲很小就闯了关东，和那些亲人基本断了联系，来到日照后才又联系上，由于关系有点远，也始终是父亲在和他们走动。

而今天，正月十一，父亲去世两周年之际，我和哥哥踏上了回老家的路程，去请续写的家谱。

一路上我特别激动，也许我是个感性的人，我留意观察着窗外的一草一木，我想象着父亲小时候在这里生活的情景，我看着这个普通的小镇，竟感到它是那样熟悉，好像我无数次来过一样，无数次在梦中玩耍过一样。我忽然想起了一个词——“寻根”，难怪人无论多大，都会回到故里寻根。人不能做个无根的人，无论走得多远，飞得多高，总会有个根在某个地方。

见过了叔叔，一个眉毛、耳朵与父亲很像的人，我忽然有了家的感觉，一个家族就是凭着这些特质融为一体的吧。

家谱足足有三本，都是宣纸打印，线装，挺精致的，我好不容易在第二卷上找到我的名字，我已是第十七世。前有古人，后有来者，我只是这个大家族中的一粟，而且我的同辈也不可计数。原来我是如此富有，我有如此多的兄弟姐妹，他们同样在某个地方演绎着多彩的人生。也许有一天我们不期而遇，我们惊喜于家族的庞大，惊喜于每个鲜活的个体。也许……

我是个有根的人，我有着深深的家族的根基。

因为有我更精彩

记得有位名人在讲述他的朋友时有这样一段话：他的朋友对他夸夸其谈，说其朋友众多，对他如何帮助，冷不防名人问他："那么你呢，你算什么?"这么一句话，局面转时反转。

看了这段文字，我也是心潮澎湃。

我是一个小人物，芸芸众生中的一粒尘埃，我的一句话不会影响国家的发展，我的一投足不会使江河失色，可这不影响我活得精彩。

上学时我很勤奋，考试常常得第一名，几个学期下来，一个男同学忍不住说："真是女中豪杰!"我颇为得意，原来无形中我还为女同学挣了口气。

工作后我成了一名教师，其实上学时我并不想走上讲台，造化弄人，我偏偏当起了人民教师。当就当呗，我每天周而复始地备课、上课、批作业、辅导着那几个调皮鬼，我没有偷懒，因为他们就我这么一个数学老师，他们需要我努力工作。

后来我成了家，有了儿子，我很繁忙，除了工作，我要惦记着一家人一日三餐的食谱，我要为儿子添减合适的衣服，我要打扫好家里的卫生，让三口人一睁眼看到一个清爽洁净的家，让一天有个好心情。我并没有感到劳累，当我做好了一桌可口的饭菜，喊坐在窗明几净的家里看电视的爷俩"开饭了"，我感到了一种满足。

我的一位领导曾在"三八"妇女节讲话中说："我幸福，因为左边睡着我的孩子，右边睡着我的老公，他们都需要我。"

我幸福，虽然我是小人物，但很多人需要我，我幸福，他们因为有我更精彩！

智圣汤温泉

小时候就听妈妈说过，她到北戴河疗养，曾泡过那里的温泉，真的是神清气爽，回味悠长。所以从小我对温泉就很向往，向往自己有一天也会在清澈甘冽的泉水中畅游。所以当哥哥打来电话，说打算几家人去沂南智圣汤泡温泉时，我毫不犹豫地答应了。

第二天我们驱车赶往智圣汤泉，一个半小时的车程，来到了心驰神往的目的地。原来智圣汤泉的“智圣”还与诸葛亮有关呢，这更增加了它的文化底蕴与神秘感。水是恒温的，有一种甘醇的清香，即使那么多人泡在里面，也丝毫没有改变它的味道。躺在里面，尽管是第一次，却丝毫没有陌生感，倒像是久别的老友，已在梦中见过了千百回，真的走在一起，竟然就是梦中的模样。

一开始我们怕冷，一直待在室内的池子里，享受着泉水的温暖。享受差不多了，我们移步室外，这才发现温泉真正的魅力是在阳光下大大小小的池子里。这里有适合于不同人群、不同体质、不同需求的温泉池，如绿茶池、红茶池、玫瑰池、牛奶池、白酒池、红酒池、松木池、当归池等，上面标有不同的温度，写着适宜的人群，更有趣的是“亲亲”鱼疗，泡在里面静止不动，一些来自土耳其的小鱼就会来“亲吻”你，“啃食”你身上多余的角质，为你“打扫卫生”。当时正是午后，太阳很惬意地照着，我们从一个池子奔向另一个池子，一点都不觉得冷。我是寒性体质，在享受温暖的泉水的同时，体会着不同的池子带给我的别样享受。

因为要赶路回去，我们不得不“匆匆”离开，这时才感到浑身的疲惫与虚脱，或许这就是温泉带给人的疗效，它有什么好处，我暂时体会不出来，但是我相信这是大自然给予人类的丰厚馈赠。

回想来时的神往，我惊异，神秘面纱背后就是我熟悉的模样。

带着浓浓的意犹未尽，我们踏上归程。

偷得浮生一日闲

2018 年 11 月 4 日，一个深秋的周末，友人相约，结伴驱车前往日照后村北山，拜友游山，拽着秋天的尾巴，投身大自然的怀抱。一路上，秋色已浓，街道两旁的银杏树叶，黄成了一道风景，美得让人心醉。

经过一条蜿蜒的盘山小路，我们来到了北山腹部，小路已硬化，平顺通达，直通主人院落。主人有佛缘，修建了佛堂，内室除了会客，更大的功能拜佛诵经，因此一进门就油然而生一种神秘感。室内茶桌上放着一盘鲜花，洁白鲜嫩，细闻有浓淡相宜的幽香，主人看我们喜欢，介绍说是茶树的花，可泡茶，有清心祛火的功效。于是我们便每人一杯茶树花茶，品茗细咂，回味无穷。

会客室的桌旁放了一些礼仪书和光碟，看到有一碟片是《〈二十四孝〉学生德育教育故事》，便多看了几眼，主人随即送予了我，我可放给学生看，对主人也算是多了一份功德。

休息半时，我们上山采灵芝，由此才知道原来日照也有灵芝生长，以前一直以为它只长在北方的深山老林，是多年生植物，其实它是“一岁一枯荣”的草本，最佳生长期在 7 月，现在已过了最好的生长季节。

不过还是带着深深的期待，在主人的带领下我们一行十多人开始上山寻宝。置身山林，顿感神清气爽，山上有松树、柞树和一些不知名的植物，还发现一些鲜红的野果，红得鲜嫩欲滴，让人垂涎不已。山不是很高，修了石阶，走起来不费力，但我也冒了汗，气喘吁吁。

将近山顶，就可以找灵芝了。这是一片原生态的荒坡，没有人工遗留的痕迹，到处是芦苇、荆棘、树枝，据说在树根附近就有灵芝。带着怀疑与期待，我们开始了仔细、认真略带游戏般的搜索。我从未亲眼见过灵芝生长的状态，真想找到一些看看，便极为投入地寻找起来。我找来一根树枝，边翻边看，连树根底部的枯叶都没放过，搅动了一遍又一遍。陆续传来友人们找到后兴奋的叫喊声，引得我们驻足围观，一边观赏拍照，一边总结灵芝生长地的特点。

终于在即将返程的时候，在一截枯树桩里发现了一个，它在枯木的映衬下显得红艳艳的，很新鲜。我小心地拔出来，根很长，长得很挺拔，拿在手中，颜色显得暗淡了许多，而且硬硬的，是木质的。我像得了宝贝，悉心地呵护着，一路下山。

我们每人都有不同的收获，有的采了八九个，有的把灵芝依附生长的根一块采到，也有没找到的，但不影响游玩的心情。一路说着笑着，开着玩笑，谈论着收获，我们下山准备吃饭。

主人的餐厅也是依山而建，前面挖了一个池塘，依山傍水，树绿芦白，文明时尚里有着原生态，现代生活中藏着大自然，既是天然氧吧，又有人间烟火。伴着层林尽染、浓浓秋意，我们开始了午餐。饭桌上有山上的苦菜、萝卜，也有山鸡、排骨、羊肉汤，还有别具特色的手撕肠衣。

一顿酒足饭饱之后，我们乘兴去刨地瓜，锄头在手才体会到，劳动的幸福在于刨出一个地瓜比吃上一个地瓜快乐得多。

夜色渐起，带着主人自酿的蜂蜜果醋和满心的愉悦轻松，我们踏上归途。

文明伴我“行”

文明，这个词我们都很熟悉，文明的行为在我们的生活中也无处不在。现在车越来越多，我每天上班、下班、外出游玩都在车流中穿梭，就是这车让我体会到了文明的重要，同时也让我做了一回文明使者。

那是一个暑假，我和朋友出去玩，需要穿过生活区外的一条马路，那时还没有礼让行人的规定，于是我们趁着车少驶过左车道，来到中间的黄线地带。这时，两边的车飞驰而过，我们无法过去，就一直停留在黄线上。过了一会，一辆奥迪车在我们面前停下，我们吓坏了，以为……只见车主按下车窗，招手向我们示意，说：“快走吧！”我们心领神会，飞快地跑了过去。当我气喘吁吁地回过头来，奥迪车已消失在车海中。以后我每次看到奥迪车，都会想起这件事，同时也感到一种温暖。

别人讲文明，我更要讲文明。有一次，老公带着我驾车行驶在山海路上，我无意间往外一望，发现与我们并排行驶的那辆车车门没关紧。我马上告诉老公，并焦急地说：“我们得告诉他！”老公胸有成竹地说：“没问题！”只见老公按下车窗，按了按喇叭，同时拍了拍我家车的车门，那位车主也读懂了老公的意思，把车靠边停下。我回头观察，只见他下车使劲地关上了车门，并朝我们行驶的方向招了招手。我的心终于放下了，同时也感到特别地快乐！

文明让我们的出行更安全，让我们的生活更温馨。我庆幸生活在这样一个文明的城市，同时我也要用行动让我们生活的环境更加文明！

美丽的日港一小

——记我的母校

日港一小坐落在日照港第一生活区内，已有 30 年的历史，我是她培养的第一届学生。

经历 30 年的岁月洗礼，学校没有太大的变化，三层的教学楼，两层的办公楼，呈“T”形排列在不大的校园内，低调而不失温馨，校门依然朝西，像个老者，亲切地向远来的学生问候。进入校门，远远地，两棵高高的迎客松热情地挥臂致意，它们与学校同龄，是看着我长大的。在这块土地上，它枯荣 30 载，深深地烙下了书香的墨痕，让我每看一眼，不由得一阵感叹、一阵敬意，还丢不掉那隐隐的怅惘。校门与迎客松之间是丁香装饰的长廊，每到夏末秋初，紫丁香那迷人的浓香扑鼻而来，让人流连于长廊下，悠悠地不知返。长廊的右侧是篮球场和运动场，因为 20 多年来学校没有扩大，现在已经远远不能满足 1000 多名学生活动，所以整个校园用绿化带隔成一些活动场所，供学生上体育课用。几个石刻的雕像也散布在低矮的冬青里，可这些并不影响孩子们的快乐，他们在有限的空间里玩着自己的游戏，享受着只属于童年的情趣。左侧是教学楼，三层共有 26 间教室，包括学生教室、微机室、多媒体室。教学楼的外侧是素有“花墙”之称的栏杆，每年寒假返校，首先给我们带来春的信息的，是那种生长在栏杆下的蔷薇，经过秋冬两季，我们已将它淡忘，猝不及防间它却抽出了一抹抹新绿，带来了新的生机，在还没有惊叹完它的新鲜时，它又将含苞欲放的骨朵摆在枝间，随后就是一团团惊人的美艳，绽放在粗枝绿叶间，红的、粉的、白的，分外妖娆，又无比娇羞。因为它，我最喜欢校园的春天，它让我从心底升起丝丝温柔，久久不散。

这里，是我的母校，是我工作的阵地。

这里，洒满了我青春的影子，也留下了我成长的足迹……

青岛海洋极地世界一日游

这是我第一次带着儿子跟团旅游，之所以选择青岛，主要是因为近，有近在咫尺的感觉。

我对青岛实在不陌生，有重回故里的感觉。海洋极地世界里都是南极、北极的动物，因为读过位梦华的《南极历险》，对这些极地海洋生物就像拜访老朋友一样，很亲切。海豹、海狮、海狗、企鹅，还有各种海洋鱼类，最让我震撼的是北极熊、北极狼，它们周身覆盖着白色略带浅棕的毛，干净得如同冰雪世界里才有的一尘不染，让人想象得出在远离人类的喧嚣中它们如天使一般圣洁。

离开海洋极地世界，我们坐车游览了五四广场、八大关，然后坐船在海上远眺了青岛全貌。我在日照、上海都坐过类似的游船，今天坐在行驶在青岛近海的游船上，眺望沿岸的高楼大厦，忽然之间，竟感到自己是如此渺小和远离尘世。远处有着多少灯红酒绿的故事，我曾经也是其中的一员，如今看来都是过眼云烟。如今我也可以用出世的心态看入世的人们，然后再奋不顾身地回到我热爱的生活中，我笑自己。

一路欢歌笑语，看到儿子很开心，我很释然，我的目的达到了。

海的那边

——韩国游记

我看的韩剧不多，对韩国也缺乏了解，6天的旅行看到的只是现象，记录也是凭感觉。

但是，这都不影响我游玩的乐趣……

第一天，整装出发。

中午开始准备，一系列的验证通关，下午6点置身于大海之上。8点启航，要漂泊20多个小时。我庆幸这好天气，海面水平如镜，为航程增添了浪漫与诗意。不晕船的感觉真好，有想飞的冲动，途中飞来一群海鸥，个头很大，很美，人们争相喂食，人鸥和谐，人海和谐，海天和谐，一幅恬静美好的画面。

海鸥

第二天，黄昏到达。

到达平泽港已近黄昏，初见韩国街道，很是失望，有些像中国的城乡接合部，街道狭窄，楼房破旧。

第一顿饭是晚餐，有点像中国的火锅，但是没有底料，也没有调料，我看是白水煮菜，外加点肉片，但据介绍不是清水，是老汤，没有那么多调料，只有辣椒酱和酱油，倒是挺好吃。饭后去了南山，可以一览首尔全貌。凭栏回眸，背后是首尔的灯火，我已是置身异国的游客。

首尔夜景

第三天，旅游专线。

早上吃过自助早餐，奔向三八线。

街道上的楼房年代感很强，低矮陈旧，不像首都，也有可能是质量优良，年代久远也不需拆修吧，都是猜测，总之，没有大都市的豪华和气场。街上人不多，车辆也较少，也没见有什么豪车，出租车以现代为主。

朝鲜、韩国当年划线而治，正好在北纬38°线，故称三八线。我们重点参观了三八线下面，导游介绍这是当年朝鲜秘密挖向韩国的地下通道。通道不长，终点在三八线附近，为了便于参观韩国进行了修缮。站在瞭望台可以看见对面的朝鲜，隐约可见那边也有游客在参观。

遇到示威游行的人群，我好是紧张，导游倒镇定自若，周遭的民众也是忙着自己的事，没有人围观，警察警车很多，导游说韩国人周末没事就会出来游行示威，警察是来保护晕倒或受伤民众的。

青瓦台很小，没有想象中的庄严与辉煌，像邻居家的小院子。

青瓦台

在不情愿中看了一场真人秀，效果还不错。以“画”为主题，如果没用特技之类，功夫还真了得，表演全程不让拍照，不知有什么猫腻。

返程又见示威的民众，导游看清了条幅，竟是要求同性结婚合法化的……

第四天，民俗体验。

穿着韩服，荡着秋千，是我看过的一本忘记名字的韩国小说里的情节。原来以为穿韩服挺麻烦，体验后才知道并不复杂。接下来主要是购物，高丽参、护肝宝……都是韩国的特产，购物也是对民俗文化的了解。

第五天，购物返程。

海苔专卖店、两大免税店……还好我的钱包捂得紧。下午，结束行程，乘车候船，准备返回。

黄昏，立在船头，伴着夕阳的余晖，目送渐行渐远的平泽港，我身后是祖国的方向。

愉快的旅程即将结束，我们满脸的意犹未尽，期待下一次的再出发。

第六天，平安到家。

一夜酣睡，时近中午，到达日照港。

下船，回家，收获，疲劳，更是满怀期待……

关于导游

导游是个中国通，自称是韩国三大知名大学之一的高丽大学（没去考证）毕业，专修汉语，在中国留学四年并谈了一个中国男友，由于“非典”的特殊时期不得已而回国，导致有缘无分。看似不经意地谈起，却处处有着她与中国游客拉近距离和增加好感的狡黠。她的讲解是很有智慧的，一听就是个资深导游，对于中韩两国的关系、韩朝两国的关系、美韩关系等这些敏感话题，她说得云淡风轻，却皆是深思熟虑，很让人舒服。她首先大谈日本对韩国的侵略及对日本人的痛恨，无形中和我们结成了统一战线，然后提起中国共产党和国民党，不同的立场，对历史的不同解释和不同的说辞，让我们理解了她对朝鲜的态度。所以，开始一直觉得她是一个文化层次高、知识底蕴深厚的导游，还感慨韩国对旅游业的重视，连导游都是名牌大学毕业。直到开始购物，强制性地要求游客买买买并表露出恶劣的态度，才让我对她的评价大打折扣。原来前面所有的说辞都是为了让游客大买特买打伏笔的，所谓的智慧也不过是源自经验，原来韩国导游素质也不过如此。

关于饮食

这四天，饮食安排比较韩国化，基本是韩国特色，鸡参汤、乌冬面、烤肉，还有一种类似于中国的火锅，没有火锅的调料多，也没有底料，不过吃起来口感还行，感觉也很健康。据说韩国人很少吃油，一桶油可以吃一年，调料比较多，饮食追求健康，说也奇怪，四天里没怎么吃荤腥，却没有饥饿感。

身在异国，免不了与自己的国家进行对比……我的祖国在某些方面还没有全面赶超，但这并不影响我对她的热爱，尤其是走出国门，爱之更浓，情之更深。

鲁西两日行

侄女结束了在滨州中心医院为期一年的见习生活，准备回日照人民医院实习。周末，和大哥大嫂一起驱车前往惠民接孩子返乡。

日照到惠民4个小时的车程，我们一行4人很快接上孩子，然后奔赴乐陵，拜访大哥的战友。

惠民隶属滨州，给我的感觉是地广人稀，广袤的土地，鲜见人影，双向六车道，却很少有车，更别说拥堵。乐陵属于德州，与惠民搭界。

进入德州界，来不及感受市容市貌，就被迫不及待的主人请入饭店——蓝海钧华大饭店，一个集餐饮、住宿于一体的五星级酒店，据说是乐陵最好的酒店。主人甚是热情，相谈甚欢，10点多了，才在宾客大醉的状态下散场。早晨告别，乐陵的各式小枣、德州的扒鸡还有神厨的调料装满一车，盛情难却，我们也只有期待主人尽快去日照，也好让我们尽一下地主之谊。按照计划，我们可以沿途预览一景点再回，商量后我们选择了周村，网上介绍是古商城，没抱太大期望，我们定好导航，驶向周村。

见到周村真面目，我竟受到不小的震撼。

古香古色的小胡同，两旁商铺林立，上方吊着小伞，下面青砖铺地，充满了历史的厚重感。商铺种类很多，陶瓷艺术品、服装、字画、小吃，还有大染坊、大清邮局等。游客不多，我们踏着方砖，徜徉在胡同里，看着拱形的大门，一时间我竟有了穿越的感觉。

仿佛于那盛唐，游走在市井中，闲散着心情，体会着岁月静好。

这时我才注意她的历史，原来这古商城始于秦汉，建于唐宋，盛于明清，已经悠久了千年。摸着那青白方石，感受着它千年的气息，想着它已在这里等了我千年，心中不由感慨这历史的风雨变化，转眼间沧海桑田，千年只在弹指一挥间……

周村古衔

在中国这片广袤的土地上，有多少历经千年洗礼的文明，值得生活在21世纪的我们踏着历史的足迹去探寻……。

时近晌午，我们驱车返程。

情谊人生　淡然陶醉

——看罢《天堂电影院》有感

龙年初一，我和儿子看了一部经典影片《天堂电影院》，影片以倒叙的方式，回忆了著名导演托托童年时在家乡小镇的成长经历，以及与老放映员深厚的友谊。

托托生活的小镇有个电影院，看电影及看电影如何放映是他生活的全部乐趣，并因此结识了老放映员。开始两人相看两厌，老放映员讨厌托托碍事多余，托托不喜欢老放映员的粗暴傲慢。但老放映员是善良的，他在托托为看电影用掉了买牛奶的钱而被妈妈打时出手“相救”，自己掏了腰包替托托解了围，从此托托对老放映员的好感逐渐升级，以至于电影院失火时托托冒死相救，他们成了生死相交的朋友。在托托以后的生活中，老放映员成了他的人生导师。在老放映员被大火烧伤，极度需要托托时，他还是忍着分离的痛苦，让托托离家到外面闯荡，去实现自己的理想。

他们的友谊让我感动，这种震撼心灵的友情对托托的一生起着至关重要的作用。

其实他对每个人的人生都是重要的，我也希望遇到这样的贵人，同时我也愿意做别人的贵人。

托托是个聪明、执着的孩子，也许正是这样的秉性成就了他以后的人生。“性格决定命运”，再一次被印证。老放映员是善良的人，他是托托的贵人，同时也成为这位日后的大导演心底最惦念、最感恩的朋友。

影片的整个气氛从容、淡定，在淡淡的欣赏中让我们随着主人公的情感跌宕起伏，微微垂泪，同时为他们的情谊深深陶醉。

生　命

生命是什么
生命是石缝中的小草
坚韧
努力

生命是风雨中的小花
飘摇中绽放自己的芬芳
生命是扑火的飞蛾
即便是脆弱
也懂得珍惜

生命是救援的队伍
哪怕是一丝一毫的迹象
也永不言弃

生命是金黄沙滩上渺小的沙粒
生命是每一秒的珍惜
所以我们要珍惜生命
不要让那一秒钟消失在我们的记忆里

背　影

望着他的背影
升起
缕缕
憧憬的梦

有一天
忽然正视了他
才发现
他并不是
梦中的主人公

春　雨

杏蕊弄春烟，
雕栏画碧浓。
微风飞瓣落，
燕雀恰呢哝。

第六部分 “抗疫”专题

一场突如其来的疫情扰乱了我们正常的教学，有成千上万像我这样的教育人默默地坚守在平凡的岗位上……

平凡的坚守

——我与“抗疫”

2020年1月8日，我正在学校里为期末考试及放假前的各项工作忙得不亦乐乎，接到了儿子的电话。儿子今年在中山大学交流，准备在腊月二十三之前赶回来过小年，票已经订好。儿子在电话中说，他原定在武汉转机的票打算改签，改道南京，因为武汉出现了一种传染病。我心里觉得可笑，儿子过于谨小慎微，什么样的传染病还值得改道而行，我都没听说过，但想想儿子正处在青春期就没有打击他，匆忙中说：“好的，你认为合适就好。”

真的没想到，就是这样一个一转念的决定，让我们这个春节省去了很多的麻烦，甚至为家人、亲朋、邻居“屏蔽”了一些不应有的担忧。

春节前夕，随着这方面报道的增多，我们了解到一种新型冠状病毒在武汉肆虐，并开始向全国蔓延。原计划我们四个家庭春节去重庆旅游，机票已订好，随着报道的增多，在阴历二十七，我们四家达成共识：退票！取消行程！现在想来，感谢这些公开的信息，让我们做出了正确的决定！

形势一天比一天严峻。年前去商店，在儿子的要求下，我们都戴起了口罩，那时商店还鲜有人戴，到了节后口罩成了出门的标配。年前我们还一如既往地外出采购，从初一开始，政府号召广大市民不拜年，不走亲访友了。初二我们取消了回娘家的计划，尽管就住在一个生活区。

初二下午我接到学校的通知：去社区报道，接受社区安排。我毫不犹豫地报了名。

从初三开始我上岗。年前儿子买了不少口罩，现在派上了大用场。每天两个口罩，往返于家与社区之间，在社区我们检查门卫是否有红外线测温仪，是否用音频播放小区里统一录制的“抗疫须知”，协助安保人员做好进出小区的业主登记。

刚忙了两天，初五我又接到了东港区教研室的通知，因为疫情，学校会延期开学，为做好这期间的教学工作，市、区教育局开始行动，召集各学校的骨干力量录制优秀课例，供学生使用。我们学校接到15节的录课任务，6节语文，9节数学。于是我一边执勤，一边组织各科室，协调安排最优秀的教师参与录课任务。15位老师马上从春节的余温中走了出来，有的孩子小，交给了爱人或父母；有的在老家没有电脑，就靠手机查找资料、沟通交流。我们为每位教师成立了一个备课团队，通过网络进行教研，大家集思广益、献计献策，共赴这场疫情阻击战。

同时，区教体局要求各学校选择合适的远程服务平台，为学生服务做准备。我们是个大学校，4000多名学生共用一个服务器，如何平稳运行是摆在我们面前的课题。初五上午，会同几位科室主任，在学校会议室，戴着口罩相隔一米远开了一个让我们印象颇深的会，经过商讨，最终选定了功能完善、网络稳定的钉钉软件，事实证明我们严谨的态度是正确的。后来多家网络平台瘫痪，多所学校更换了软件，我们“从一而终”，为后续工作省去了很多麻烦。然后我安排了录课事宜及下一步的工作，用时20分钟，我们开了一个高效的会。

接下来我们忙碌起来。软件确定了，需要把班主任、老师、家长邀请进群，74个班级，74名班主任，年前有一些班主任因为复习招考等原因辞了职，科室主任一个个排查，一个个安排，再打电话一个个落实。班主任安排好了，老师进群了，接下来需要邀请家长，我在群里发出通知，告知此项工作的重要性，动员大家尽快完成任务。班主任行动起来，两天的时间，4000多名学生，进来了一万多名家长，除了爸爸妈妈外，还有爷爷奶奶……可见家长对学校的配合与对这项工作的关注。我再次感到我没有理由不精益求精，把这项工作做得更好。

老师的备课陆续完成，课例开始录制。根据不同学科的不同要求，数学用录屏软件录微课，语文需要用录像机录制。我给老师们下达了录课要求，从课例质量到录课注意事项，从外出的安全防护到录课小技巧等都做了交代。每天站在讲台上上课的老师，蓦然间成了网络主播，而且还得自学成才，老师们克服的困难、付出的艰辛是可想而知的。其间我们利用优质资源，还录制了一节绘本课，介绍新冠病毒、安全防护及居家需要注意的事项，从内容的选择到录制的审核，我始终用电话、微信和老师沟通交流。四天，最终在初九杀青，算是及时为学生送上了一件居家防护的外衣。后期的课例审核是费脑费眼的工作，为了使呈现给孩子的课例标准优质，我也是拼了，一个个地看，有些问题再拿出来探讨，让老师修改，短短的一节课，占去了老师的多少不眠之夜！

2月3日，大年初十，接到区教体局文件通知，对远程教学服务的课程安排做了指导，其实在这之前，我也一直在思考这个问题，我们究竟是以班级为单位还是以年级为单位设置课程？究竟安排哪些课程适合当下的形势，我的想法和区里的要求不谋而合，区里更细致。我和科室主任商量后，决定以区教体局的课程安排为基础，做出我们自己的特色，围绕疫情防控、居家生活、身心健康三个方面安排课程：每天安排20分钟的晨读；结合“每天锻炼不少于1小时”的理念，上午安排30分钟眼保健操、广播体操，下午30分钟自主特色体育锻炼；设置阅读课，提倡亲子阅读、经典阅读；以“抗击疫情”为主题开展绘画、视频录制、习作、创意作品等制作，增强爱国主义教育；针对“超长版”假期不能外出的烦躁情绪进行心理疏导；面对疫情危机开设生命教育课程；老师每天下午有5分钟的线上直播，进行预习方法指导、在线答疑解惑、作业点评等。教研组组长再结合本年级学生特点，予以修改反馈，然后我根据学校情况和上级政策再予以修订，经过几天反复的沟通与商讨，最终定下来了既符合上级要求又有我们自己特点的特色课程。

2月7日，大年十四，正当我站在四季圣园北区协助安保人员进行防疫检查时，上午10点多，看到学校管理工作群转发了日照市疫情防控领导小组的通知：考虑到教师职业的特殊性，又加上面临开学需要做系列准备工作，决定从今日起，教师不用再参加社区疫情防控工作。

自此，我生命中因为疫情的需要与安保人员、社区同志共同奋战的经历结束了，虽然时间短暂，却理解了他们的不易，一刻也不能离开的坚持与责任，每天重复相同的单调故事的坚守，让人心生敬意。在这里，向他们致敬！

2月8日，元宵节，我们完成平台的两次测试，准备好了线上教学的课程资源，做好了每个年级的课程安排，预见了可能会出现的问题并制定了相应的预案，分别下发了致家长和致老师的注意事项、工作安排和启动通知。

2月9日，我在学校工作群中写下了这样一段话：各位老师，应上级主管部门要求，明天（2月10日）上午8：00开始，我校将启动远程学习教学服务，语文、数学、英语三个学科老师在线教学，相当于这些老师在家上班了！在这个特殊的时期，大家辛苦啦！也希望我们的老师，认真备课，面对新的教学模式，积极探讨，创新方法，让学生收获，让家长满意！还有部分老师承担了本不属于自己的教学任务，积极担责！感动！感谢！愿大家都能成为新时代未来学校的“网红”教师。

2 月 10 日，正月十七，原定全市中小学生开学的日子如期而至，看到学生通过网络有序地投入学习，按部就班地开始了新学期的生活，作为一名教育工作者，我如释重负。虽然这项工作情非所愿，也还有很多不完善的地方，但这期间从教育部门的各级领导到一线的老师为之付出的艰辛努力，“5+2”“白加黑”的艰苦劳动，我心中无憾。

此刻回首，我们这个假期“很长”，长到我们现在也没有重返校园，我们这个假期又“很短”，短到从初三开始就废寝忘食。这个假期我没有成为大厨，从大年初二开始我甚至一顿饭都没做过，我没有成为儿子的班主任，我们在一起交流的时间甚至都不多，我也没有成为主播，但我们的工作为老师们成为更好的主播搭起了桥梁。其实在教育系统有成千上万像我这样的教育人，在背后关注政策，关注疫情，为广大学生稳居家中学习而默默奉献着。

我眼望窗外，看向远方愈渐浓厚的春意，倍感信心和希望，我们坚信没有一个冬天不可逾越，也没有一个春天不会来临，因为除了奋战在一线的医生、护士、警察、保安，还有不计其数的平凡的人，他们在自己的岗位上默默地工作着，只为山河无恙、国泰民安！

口罩（童谣）

金鼠新春一来到，新冠病毒把年搅。
小朋友们莫要慌，防护口罩来报到。
个头虽小作用大，正确佩戴很重要。
颜色浅的戴在内，金属条条朝上找。
疫情期间不出门，有事外出要戴好。
与人相距一米远，相近交谈佩戴好。
乘坐校车不聚集，戴上口罩保护好。
小小口罩显神威，阻隔病毒它是宝！

2020 春临校园有感

庚子寒冬罩九州，师生抗疫云端筹。
今日春风拂岸暖，百花园里写春秋。